KB194505

손잡아줄게요

손잡아줄게요

초판 1쇄 발행 2021년 5월 15일

지은이 착한재벌샘정
편집인 옥기종
발행인 송현옥
펴낸곳 도서출판 더블:엔
출판등록 2011년 3월 16일 제2011-000014호

주소 서울시 강서구 마곡서1로 132, 301-901
전화 070_4306_9802
팩스 0505_137_7474
이메일 double_en@naver.com

ISBN 979-11-91382-03-7 (03810) 종이책
ISBN 979-11-91382-53-2 (05810) 전자책

손잡아줄게요

너무 애쓰지 말고

지친 그대 힘들다 말해도 돼요

착한재벌샘정 쓰고 그림

더블:엔

지은 지 30년이 넘은 아파트. 18년을 도배 한 번 새로 하지 않고 살다가 집을 리모델링하게 되었어요. 두 아이 독립하고 부부만 남은 집. 처음 생각은 이랬어요.

'싹 다 고치고, 낡은 살림살이들 모두 버리고 새집에서 새살림으로 몽땅 채울 거야. 이 집에서 남편과 둘이서 중년, 노년을 쾌적하게 살 거야.'

그런데 결과는? 20년을 훌쩍 넘긴 낡은 짐들은 빈티지라는 이름을 달고 그대로 남았고, 가장 많이 바뀐 건 약 다섯 평 정도 되는 안방이었습니다. 안방을 '북콘서트장'으로 만들기로 하고, 구체적인 인테리어 콘셉트를 잡기 위해 고민을 했습니다. 리모델링에 들어가는 적지 않은 비용. 돈을 들이는 만큼 가치를 창출해야겠다, 아파트값이 올랐다는

데 비싸진 집에 사는 나는 오른 집값만큼 값을 하면서 살아가고 있나, 집의 의미는 무엇일까? 공간의 가치와 의미는? 가장 큰 공간인데 잠자는 거 말고는 전혀 기능이 없는 안방의 비효율성 등등 생각이 정말 많아졌고 근원적인 질문으로 돌아가더군요.

'나는 어떤 사람인가?'

내가 어떤 사람인지를 알아야 '어떤 집'에서 살고, 그 집에서 '어떻게 살아가고 싶은가'에 대해 대답할 수 있어야 인테리어 콘셉트가 정해질 것 같았습니다.

아이들을 키우는 동안은 지극히 가족 중심이었어요.

'우리 집, 우리 가족들이 같이 살고 있는 집'

두 아이가 독립하고 나서는 중년 부부만 살게 된 집.

인테리어 대표님께 보낸 집의 콘셉트는 '중년 부부의 은밀한 공간, 때로는 모두와 함께'였습니다. 침대와 열두 자 옷장이 있던 너무도 평범했던 안방은 멀티룸이 되어 샘정의 꿈을 이루어주었습니다.

작가 샘정의 아지트이자 말랑말랑학교 교실, 비대면 zoom 강연과 유튜브 강연을 위한 스튜디오, 실제 독자들

과 함께하는 북토크 강연장, 패션 블로거의 마네킹 놀이
터, 어깨가 맞닿도록 끼어 누워 새벽에서야 잠이 드는 여
행지까지. 와우~~~!

2020년 갑자기 닥친 코로나19는 우리의 삶을 너무 많이
바꾸어 놓았습니다. 그 중심에 선 것이 학교였어요. 몇 번
의 개학 연기. 상황이 어떻게 될지 몰라 등교 개학과 온라
인 개학 둘 다를 준비하고 있었지만 결국 온라인 개학으
로 결정. 정성 들여 닦은 책상 위에 올려놓았던 분홍색 보
자기로 싼 교과서들은 택배로 아이들 집으로 보내졌어요.
1987년 교직생활 시작 후 처음 맞이하는 상황이었어요.

온라인 개학이 결정되고 가장 시급한 것은 아이들의 학
습 환경이었습니다. 화상 수업 환경 점검을 하니 22명 중
21명이 되고 단 한 명이 안 되는 상황이었어요. 부모님은
컴퓨터에 대해 잘 모르고 외동이라 도와줄 수 있는 언니
나 오빠도 없는데 스마트폰도 컴퓨터로도 계속 오류가 뜬
다고 했어요. 며칠 동안 전화와 문자로 해결해보려 했지만
오류가 계속되었고, 결국 선생님이 가서 도와주겠다고 했

습니다. 가정 방문을 가겠다고 하니 주위에서는 그렇게까지 해야 하느냐, 그건 집에서 부모가 알아서 할 문제다, 선생이 간다고 전문가도 아닌데 해결된다는 보장도 없지 않느냐는 의견도 적지 않았어요.

군이 가정 방문을 한 이유는 아이의 속상한 마음을 조금이라도 다독여주고 싶었기 때문입니다. 다른 아이들은 다 된다는데 왜 나는 안 되는 거지… 내가 뭘 잘못해서 그런가… 열다섯 소녀의 마음이 얼마나 속상할까 싶어서.

"저만 안 되는 거예요?"를 자꾸 묻는 아이에게 말해주었어요.

"아니에요. 안 되는 친구들도 많답니다. 다들 낯설고 힘들어하고 있어요. 비슷비슷하니 너무 걱정하지 말아요. 직접 가서 상황을 보고 방법을 찾아볼게요."

솔직히 내가 간다고 해도 해결된다는 보장은 없지만 그냥 전화로만 어떻게든 해결해보라고 하는 것보다는 조금이라도 아이 마음을 풀어줄 수 있지 않을까 싶었습니다. 다행히 해결해줄 수 있었고 옆에 있는 담임을 영상으로 만나면서 아이 얼굴에 환한 미소가 번지더군요.

아이의 미소가 너무 예뻤어요. 컴퓨터에 대한 지식이 없어 아이에게 도움을 주지 못해 속상하고 미안했다는 엄마도 그제서야 안도의 숨을 내쉬더군요.

누군가의 손을 잡아줄 수 있다는 건 정말 감사한 일이고 나에게 행복을 주는 비결이라 생각해요.

코로나19와 함께 가고 있는 우리. 걱정되는 부분도 많고, 아무도 가보지 않은 길이지만 가야 하는 길이라면 부정적인 것을 자꾸 말하기보다는 할 수 있는 최선의 것을 찾고 노력하는 것에 에너지를 집중하면 좋겠어요.

여전히 두려움이 있지만 두려워만 하고 있을 수는 없잖아요. 걱정하지 않고, 탓하지 않고, 할 수 있는 것들을 찾으며 최선을 다해보기로 해요. 서로를 다독이면서 따뜻한 동행을 하며 힘든 시기를 이겨내기로 해요.

코로나19를 경험하지 못했다면, 이 책을 쓰고 있지 않았다면 어쩌면 나는 우리 부부를 위한, 가끔 집에 오는 두 아이를 위한 집을 만드는데 그쳤을지도 모르겠어요.

누군가에게 손을 내밀고 그 손을 잡는 사람들을 통해 알게 된 행복이 안방을 많은 사람들과 함께할 수 있는 나눔의 공간, 동행의 공간으로 만들게 했다고 생각해요.

온라인 수업을 실시간 쌍방향으로 선택하고 그를 위한 준비로 익힌 zoom 미팅을 이용해 토요일 오전 6시부터 화상으로 독자들을 만나는 'zoom 강연'을 시작했어요. 지금도 여전히 거의 빠지지 않고 토요일 새벽 강연을 하고 있는데 그렇게 많은 사람들을 만나게 될 줄은 상상도 못했답니다.

나 하나 꽃 피어
풀밭이 달라지겠냐고
말하지 말아라.

조동화 시인의 〈나 하나 꽃 피어〉 시 중 한 구절을 떠올리며 용기를 낼 수 있었고, 꾸준히 할 수 있었어요.
나 하나 이런다고 사람들에게 얼마나 큰 위로와 힘이 될까만은 시인이 말한 것처럼 이러는 나를 보며 각자가 자신이 할 수 있는 일들로 서로를 향해 마음을 열고 나눔을 한

다면 세상은 조금 더 따뜻하고 살 만한 곳이 되리라 믿기
때문입니다.

누군가를 향해 먼저 손을 내미는 일이 꼭 크고 거창하지
않아도 된다는 것을 깨닫게 해준 것은 바로 '시'였답니다.
시를 좋아하고 소리 내어 읽는 걸 좋아해요. 혼자 읽는
것보다는 같이 읽으면 좋겠다는 생각에, 시를 읽은 날이면
그 시를 읽으면서 생각한 것과 느낀 것들을 지인들에게 문
자로 보내곤 했어요. 그렇게 한 지 20년이 넘었네요.
특별히 크고 거창한 것을 가지고 있어서 나누는 게 아니
라 나를 위해 하는 일 중에서 마음을 조금 더 내어 타인들
과 함께하는 것이면 된다고 생각한 거죠. 그림을 그리기
시작하면서는 가끔 시 대신 그림을 나누기도 합니다.

빨강머리 앤의 열혈팬이라 좋아하는 장면을 패러디하고
가슴에 간직하고 사는 대사를 넣은 그림을 그려 나누기도
했어요. 나의 캐릭터 머리카락 색이 보라색이거든요.
보라색은 나에게 상처의 색이기도 하지만 그것과 정면
으로 마주하여 넘어선, 그래서 치유와 희망의 색이랍니다.

"행복한 날들이란
멋지고 놀라운 일들이 일어나는 날들이 아니라
진주알이 하나하나 한 줄로 꿰어지듯이,
소박하고 자잘한 기쁨들이
조용히 이어지는 날들인 거 같아요."

빨강머리 앤의 말을
보라머리 샘정이 전해요. ^^

시 한 편이 주는 위로와 응원을 통해 힘든 십대를 잘 이겨냈고 시는 늘 나와 함께였어요. 내가 보내는 시를 통해 위로와 힘을 얻는다는 분들이 있어 20년이 넘는 시간 동안 시 나눔을 즐겁게 해왔고, 이 책을 통해 더 많은 사람들과 나누고 싶어졌습니다.

소개하는 시들의 전문(全文)을 찾아보고, 여백에 적어보며 자신만의 책으로 만들어가는 재미도 함께 누리기를 바랍니다.

차 례

PART 001

사람들과의 관계가 어렵나요?

PART 002 ─────────────

많이 힘든가요?

PART 003

응원이 필요한가요?

PART 004

삶의 방향을 찾지 못하고 있나요?

"별일 없지?"

"나이는 숫자에 불과하다는 말을 누가 했노? 못 따라가
겠다."

컴퓨터를 어느 정도 다룬다고 생각했고, 문해력도 있어
어떤 것이든 읽고 이해할 수 있다 자만했나 봅니다.

코로나로 인해 개학은 다시 연기되었고, 학생 관리도 컴
퓨터로 하겠다고 하고, 새로운 온라인 학습을 위해 학교에
서 하라는 것들이 많은데 공문을 봐도, 따라하면 된다는데
도대체 알 수가 없고. 과제를 내라는데 그 또한 쉽지 않고.

노트북도 안 따라주어 그것부터 해결하고 있는데 빨리
하라는 재촉 문자는 오고.

다른 사람들은 다 한 모양인데 왜 난 안 되는 거지???

결국 도움을 청하여 해결하고 나니 하루가 다 지나가버렸어요.

지친 하루를 마감하며 저절로 나오는 말.

"따라갈 수가 없네… 이게 내 한계인가 보다."

다시 아침이 되었고, 스스로를 응원하는 마음으로 박노해 시인의 〈한계선〉을 읽었습니다.

여기까지가 내 한계라고
스스로 그어버린 그 한계선이
평생 너의 한계가 되고 말리라

앞으로 살아갈 날을 위해 지금 무엇을 할 것인가를 생각하며 마음을 다잡고, 느리지만 나의 속도로 꾸역꾸역 나의 지경을 넓혀봅니다. 여러분들의 하루도 한계선을 긋지 않는, 지경을 넓히는 날이 되길 바랍니다.

한계에 관한 이야기를 하면 많은 사람들이 샘정도 한계를 느끼냐고, 그런 거 모르는 사람인 줄 알았다는 말에 내가 이미지 관리를 잘했나 보다 생각했었어요.

그보다 더한 건, 한계를 느끼는 샘정을 통해 위로를 얻는다고, 무지 기쁘다는 반응도 엄청 많았어요.

코로나19가 바꾸어놓은 일상. 현재의 상황에서 어떤 선택을 하느냐는 지금을 위해서도 중요하지만 미래의 방향성을 위해서도 매우 중요하다고 생각해요.

두렵지 않느냐는 질문도 많이 받습니다.

늘 느끼지만 시인은 그 어떤 상황에 대해서도 시를 들려줄 준비가 되어 있는 것 같다는 것을 이 시를 읽으면서 다시 한 번 감탄을 해봅니다.

> 냇물이 하는 말을 들었네.
> 흘러가는 대로 느긋하게 따라가라.
> 쉬지 말고 움직여라, 머뭇거리거나 두려워 말고.
> - 〈나는 들었네, 척 로퍼〉 중에서

'두려워 말고'에서 가장 오래 머물렀어요.

"샘정도 두려운 게 있어요? 두려운 게 있다니 위로가 되고 기쁘기까지 해요" 할지도 모를 일이에요.

당연히 두렵지요. 그러니 이렇게 시를 읽고 스스로를 조
율하려 하지요. 두렵지 않아서가 아니라 그 두려움을 어떻
게 넘어설까를 찾는 일에 에너지를 집중했으면 해요.

그래서인지 이 한 마디에 울컥해집니다.

"별일 없지?"

늘 별일이, 거창하고 대단하고 멋지고 놀랄 일들이 있기
를 바라는 날이 많은데 말이에요. 그저그저 그런, 평범한
날이 지루하고 무료하다 생각되기도 했는데 아무 일 없이
하루를 지낸다는 것이 이렇게 감사할 줄이야….

일상을 잘 사는 것이 행복의 지름길이 아닐까 합니다.

"별일 없지?"
라는 보통의 안부에
"응, 별일 있을 게 있나 뭐."
로 대답하는 행복을 누리는 오늘이었으면 합니다.

PART 001
—
사람들과의
관계가
어렵나요?

따뜻한 동행

"사람 사이가 힘들어요. 절친인 줄 알았는데 내 맘 같지 않고, 멀어지고. 샘정처럼 사람 재벌이고 싶은데 내가 못나고 부족하고 이상한 사람이라 그런가 싶은 생각… 그래서 상처받고 속상해요."

나의 대답은 이랬어요.
"나 싫다는 사람은 내가 뻥! 새 사람들로 부자 되믄 되지요. 일단 저요~~~ 내가 그대의 사람 재산이 되어줄게요. 그대도 누군가에게 이런 사람이 되어주어요."

따뜻한 동행의 우리. 그래서 참 고맙고 고맙습니다.

샘정이 누군가 내미는 손을 잡는 이유는…

누군가 조금 더 행복해지면

조금 더 좋은 세상이 될 것이고

그 좋아진 세상에

바로 내가 살기 때문입니다.

결국은 나를 위한 일인 거죠.

우리가 손을 잡기를 멈추지 않을 때

우리라는 그림은 더욱 풍성해질 것이고

- 〈우리 사는 동안에, 이정하〉 중에서

손잡아줄게요

"난 사는 거 자체가 남는 장사인 거 같아. 이래서 내가 재벌이 된 건가 봐요. 쬐끔 주고 몇 배로 받는, 완전 몇 배로 튀겨지는 장사를 하니….'

내가 자주 하는 말입니다.

절망하고 있다는, 모든 걸 끝내버리고 싶다는 사람에게 홍수희 시인의 시 〈손을 잡는다는 것〉 중에서 한 구절과 함께 내 마음을 담아 문자를 보냈어요.

손 하나 잡았을 뿐인데
너의 아픔 너의 외로움 너의 간절한 소망까지도
다 내게로 전해져 와

'가까이 있어 진짜 손을 잡아주고 싶지만 멀리 있으니 이 시로 우리 손잡아요. 찐하게. 우리 따뜻한 동행해요. 내가 같이 가줄게요' 라고.

이게 전부였는데 그 사람은 일어날 힘이 생겼다고 하더군요. 다시 살아보고 싶다는 생각이 들었고, 정말 다시 일어섰다며 고맙다고, 은혜를 갚겠다고 했어요.

"그래요, 꼭 갚아요. 하지만 나에게 말고 주변을 살펴보아요. 그대처럼 절망하고 있는 사람, 그대의 손이 절실한 사람이 있을 거예요. 그 사람의 손을 잡아주는 것으로 꼭 갚아주세요."

세상에서 자신이 가장 불행한 사람이라 생각했는데 자기처럼 도움이 필요한 사람에게 갚으라는 말에 주변을 돌아보게 되었고, 정말 그런 사람들이 눈이 들어오더라고 하더군요. 그러면서 누군가의 손을 잡아주는 약속을 지키게 될 거 같다고, 내게는 밥 한 끼 사고 싶다고 했어요. 나는 덥석 받는 사람인지라 맛있는 밥, 거하게 사라고 했네요.

투자금 0원이었는데 엄청 비싼 밥 얻어먹을 거니 도대체 몇 배로 튀겨진 거야? 수 만 배? 와우~!

누군가의 손을 잡아준다는 거… 투자 대비 엄청난 고수익인, 재벌이 되는 비법 중 하나이니 꼭 써보셔요.

우리 같이 손잡고 모두가 재벌이 되어보아요.

"내가 내미는 손을 잡아주세요. 당신의 손을 나의 어깨에 걸쳐 어깨동무를 하고 당신이 변화하고 성장하는 것을 나에게 가르쳐주기를 부탁합니다. 나는 당신에게 배운 것을 통해 나를 향해 내미는 누군가의 손을 또 잡아줄 것을 약속합니다. 그렇게 우리 다 같이 변화하고 성장해가기로 해요."

이런 사람 저런 사람으로 분류하고 이래서 되고 저래서 안 된다며 나누기보다는 다 함께 어깨동무하고 서로를 응원하고 도와가며 같이 변화하고 성장하는 삶이었으면 하는 바람입니다.

커피 한잔을
마시며

모닝커피 한잔 했나요?

커피 한잔을 준비하며 허영숙 시인의 시가 떠올랐어요.
여과지에 커피를 거르면서 우리네 삶도 이렇게 거를 수 있
으면 좋겠다는 시인의 말에 고개를 끄덕이게 됩니다.

> 커피를 내리는 일처럼
> 사는 일도 거를 수 있었으면 좋겠다
> -〈커피를 내리며, 허영숙〉 중에서

커피를 바로 마시지 않고 천천히 향을 음미하고, 한 모금

입에 담고 그 맛을 음미하며 시인의 말처럼 이렇게 거르면서 살고 싶다는 생각을 해봅니다.

'이 세상 어디선가 내게 등을 돌리고 살아가는 사연이 있다면' 이라는 대목이 있어요. 한참을 눈과 마음이 그곳에 머물면서 곰곰 나를 들여다봅니다. 나는 누군가에게 등을 돌리고, 그러고 살고 있지는 않은가….

나이가 들어가는 것이 좋다는 생각이 듭니다.

젊은 날의 나는 나를 들여다보는 일 대신 내게 등을 돌린 사람이 누굴까에 매달렸을지도 모를 일이니까요.

커피 여과지를 통해 무엇을 거르고 무엇을 남길 것인가를 조금은 알게 된 지금이 참 좋습니다.

커피를 마시며 이런 소망을 가져봅니다.

오늘도 잘 거르면서 살고 싶다, 향기롭게 살고 싶다고.

우리 오늘 그렇게 살아보아요.

나만 비에 젖는 게
아니었어요

나는 비 오는 날을 싫어해요. 비에 신발이 젖는 게 싫고, 눅눅해진 신발 안에 있는 내 발이 안쓰러워서.

그런데 '구두는 젖은 발을 안쓰러워하고 젖은 발은 구두를 안쓰러워한다'는 유희윤 시인의 시 〈비 오는 날〉을 읽으니 조금 전 현관에 벗어둔 젖은 신발로 나도 모르게 고개가 스르르 돌아가더군요.

아, 온몸으로 따스함이 퍼져나가는 느낌이에요. 서로를 이렇게 생각하며 산다면…. 비가 스머드는 낡은 구두는 아니지만 저 구두는 눅눅해진 자기 안에 들어 있던 내 두 발을 안쓰러워했을 것 같은 기분.

나도 젖은 구두를 위해 뭔가를 해주어야 할 것 같은 부채
감(?)마저 드는 건 비 오는 밤이어서일까요.

비가 오지 않았다면 어땠을까, 하는 생각이 듭니다.

마른 날에는 발은 구두가 새는 줄 모를 테고 구두는 젖은
발의 감촉을 느낄 수 없을 테니 서로 그렇게 애틋했을까,
하는 마음. 내리는 비로 인해 알게 된 서로를 향한 마음.

비라는 힘든 일을 같이 겪으며 생겨난 서로를 향한 마음
이 참 따스하게, 아름답게 느껴지는 비 오는 밤입니다. 우
리에게도 그런 경험, 그런 존재가 있기에 이 밤이 참 좋은
밤이 되리라 생각합니다.

또 비가 내립니다.

비가 억수같이 오던 날 신고 나간 신발이 너무 미끄러워
맨발로 걸었어요. 신나고 즐겁고 자유로운 느낌이었지요.

남편은 남들이 뭐라카겠노? 했지만 타인의 시선 안에 나
를 가둘 필요는 없잖아요.

다음 날도 여전히 세찬 비가 와 구두를 가방에 넣고 맨발
로 걷고, 버스 타고 출근했더니 하루 종일 보송한 신발을
신을 수 있어 좋았어요.

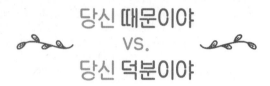

당신 때문이야
vs.
당신 덕분이야

힘든 시기를 지나다 보면 모두가 예민해지게 되지요. 평소에는 아무렇지도 않게 흘려버릴 수 있는 말인데 상황에 따라 못이 되어 가슴에 박히는 경우도 종종 있고요.

벽에 박힌 못이야
뽑으면 그만이지.
무심코 뱉은 말 한마디가
사람 가슴에 못질도 하더라
- 〈말 한마디, 김갑제〉 중에서

벽에 박힌 못이야 뽑으면 그만이지만 사람 가슴에 박혀 못이 된 말은 쉬이 잊히지 않아 두고두고 상처가 될 수도 있으니까요.

살면서 깨닫게 되었고, 그래서 삶에서 실천하고자 하는 것이 있어요. '걱정의 말'과 '탓하는 말'을 하지 않으려 합니다. 특히 탓하는 말, "당신 때문이야" 라는 말이 사람 가슴에 못이 되어 박히기도 하지요.

오늘의 단어로 "이뻐라" 어때요?

오늘 마주하는 것들에게 이뻐라를 한 번씩 해주는 거예요. 눈 뜨자마자 TV를 켜고 '자연인'만 보고 있는 남편에게 "이뻐요" 했더니 "뭐라카노?" 합니다. 이 글을 쓰고 있는 노트북에게도 "노트북 이뻐라", 향기 좋은 커피에게도 "커피 이뻐라" 해줍니다.

"이뻐라~" "당신 덕분이야~"

세상과 나를 연결하는 오늘의 한마디, 모든 사람과 잘 지내고 모든 일이 잘될 것 같죠?

말 한마디의 힘을 새삼 깨닫습니다.

오늘의 숙제 나갑니다.
"당신 덕분입니다" 라는 말 하기.
어렵지 않죠? 몇 번 하느냐고요?
많이 할수록 좋겠죠?

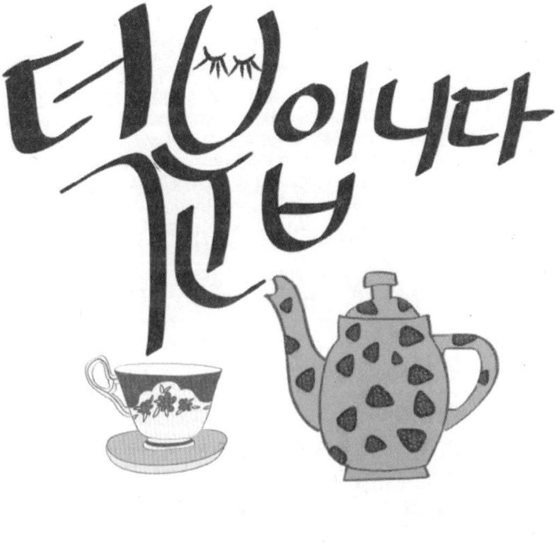
덕분입니다

너무 애쓰지 않는 사이

샘정이 보내는 시와 이야기, 자꾸만 이런저런 행사를 소개하는 문자들을 '부담스러워' 하는 사람들이 많다는 거 알아요. 스마트폰에서 나를 차단하는 사람도 적지 않다는 것도 안답니다.

'이 사람이 이렇게 하면 나도 그 정도 해줘야 하는데, 나는 그러지 못하니 너무 부담스러워.'

또는

'나는 이런 데 관심도 없는데, 갈 수 있는 상황도 안 되는데 왜 자꾸 보내지. 너무 부담스러워….'

라는 마음이 아닐까 합니다.

이런 마음이면 반대로 자신이 초대를 하거나 무엇인가를 소개를 해야 하는 입장이 되었을 때 상대가 부담스러워할 거라는 생각에 시도조차 해보지 못하는 경우가 생기지 않을까요?

좋은 것이 있으면 알리고, 함께하고 싶은 것이 있으면 이야기하고, 선택은 상대의 몫으로 남겨두면 되어요.

샘정이 너무도 좋아하는 말, 말랑말랑.

강해지고 싶다, 단단해지고 싶다, 라는 말을 수없이 하며 살다가 찾은 나의 답은 '말랑말랑'이었습니다.

말랑말랑한 흙이 말랑말랑 발을 잡아준다

- ⟨뻘, 함민복⟩ 중에서

맘수다TV 유튜브 생방송에 출연하니 시간이 되면 봐달라는 메시지를 보냈습니다. 오전 시간이라 내 나름의 기준(?)으로 시청이 가능할 듯한 지인들에게 전했어요.

적지 않은 분들이 이러이러해서 못 봐서 죄송하다는 답글을 주었어요.

왜 죄송하지??

보고 안 보고의 문제는 오롯이 자신이 선택하는 문제인데 왜 죄송해할까요?

봐달라고 한 부탁을 들어주지 못해서?

일방적으로 부탁한 것은 나인데?

샘정이 자주 하는 말이 있어요.

"가장 좋은 관계는 너무 애쓰지 않는 사이" 라는 말.

볼 수도 있고 안 볼 수도 있어요. 선택의 문제라고 생각해요. 물론 보고 싶었지만 상황이 여의치 못해 못 볼 수도 있는 거지요. 여기서 중요한 건 '아쉽다'와 '죄송하다'는 많이 다르다는 거예요.

아쉬움은 나 자신이 중심이 된 감정이에요. 내가 보고 싶었는데 보지 못했을 때에는 '아쉽다'는 표현을 하면 돼요. 죄송함은 상대방이 중심이 된 감정이에요. 상대가 부탁했으니 들어주어야 하는데 그렇지 못했을 때 '죄송하다'는 표현을 써요.

그러니 죄송해하지는 말았으면 해요. 상대가 무엇인가를 부탁할 때 선택을 하는 주체는 '나'예요. 부탁을 받았으니 어떻게든 들어주어야 해, 그러지 못해서 미안해, 가 아니예요. 나를 중심에 두고 '당당하게' 들어주지 않아도 된다고 생각하는 거예요.

당당하게 거절할 줄 알아야 나의 부탁을 누군가 거절해도 상처받지 않을 수 있답니다. 상대방을 생각하는 마음이 작아서 들어주지 않는 게 아니라 그 당시 상황에 따른 선택이니까요.

"나에 대한 마음의 크기와 거절은 별개의 문제라는 것."

부탁을 받아들이는 태도는 이 일을 들어주지 않으면 상대가 실망할 거야, 내가 자기를 생각하는 마음이 작다고 상처받고 서운해할 거야, 라는 상대방 중심이 아니라 내가 할 수 있는지 없는지를 따져보는 나 중심이 되어야 해요. 그리고 내가 선택하는 거예요. 소모적인 감정은 갖지 않는 게 좋아요.

부탁, 들어줄 수 있으면 좋죠. 하지만 상황이 여의치 않으면 죄송한 마음 없이 '당당하게' 거절을 선택하며 너무 애쓰지 않고 편한 사이. 이런 사이가 샘정이 생각하는 좋은 사이입니다.

다르게 말하는
연습

오래 전에 읽었고 영화도 보았지만, 상을 받았다며 떠들썩하기도 하고 친구가 읽었다며 남긴 몇 줄 글에 다시 읽어본 소설 《채식주의자》. 남편도 같이 읽고 이야기를 나누다가 '서로에게 하는 말'에 대해 말하게 되었어요. 그리고 말하지 않으면 절대 알 수 없는 것들에 대해서도.

왜 말을 안 하게, 아니 못하게 되었을까.

수없이 자신의 언어로 표현했겠지만 제대로 전달되지 못함에 상처받고 좌절하면서 점점 입을 닫게 되고.

어차피 말해봐야 소용없는걸 뭐…

내 입만 아프고.

더 상처만 받게 될 텐데 뭐…

그냥 내 안으로 내 안으로 삼키고 삭이며 살지 뭐…

이렇게 서로를 향했던 마음이 닫히고 말도 닫히게 되지 않았을까요?

> 사다리가 전봇대를 보고 놀렸어요.
> "넌 다리가 하나밖에 없네."
> 전봇대도 사다리를 보고 놀렸어요.
> "넌 다리가 두 갠데도 혼자 못 서지?"
> - 〈고쳐 말했더니, 오은영〉 중에서

사다리와 전봇대는 어떻게 고쳐 말했을까요?

'넌 대단해' 라고 시작했다는 것이 힌트입니다.

시인처럼 고쳐 말할 수 있었다면?

작가의 의도와는 별개로 읽는 사람의 지극히 주관적인 느낌이 있지요.

나의 한 줄 서평은, '제대로' 사랑하지 '못하는' 사람들은 모두 유죄라고 말하고 싶습니다. 안 하는 게 아니라 몰라서 못 하는 거여서 더 아프고, 아픈 사람들이 사는 감옥을 들여다본 것 같아서, 그 감옥에 나도 있는 것 같아서 그래서 읽는 내내 많이 아팠어요.

제대로 사랑하기 위해선 말을 해야 하고, 그 말을 '잘' 해야겠다는 생각이 듭니다.

2월에
내리는 눈

"밖에 눈 왔다."

아침상을 차리고 있는데 들려온 남편의 목소리.

"어머 어머 진짜요? 2월에 눈이? 어머 어머!"

호들갑스럽게 베란다 창으로 달려가서는 또다시 감탄사를 연발하는 샘정. 식탁은 까맣게 잊어버리고 창가를 떠나지 못하는 샘정과 그런 샘정을 묵묵히 바라보며 식탁을 차리는 그. 참 달라도 너무 다른 부부입니다.

먼 길 가다가

돌아오는가

- 〈봄 눈, 임정란〉 중에서

밤새 대구에는 소복이 눈이, 봄눈이 왔네요.

먼 길을 가다가 다시 돌아온 이유를 '전하지 못한 그리움'이 있어서 라는 시인의 말이 진하게 가슴에 와 담기는 아침입니다.

사람마다 전하고픈 마음, 전하는 방법은 모두 다르겠지만 그래도 봄눈처럼 제때 전하지 못해 먼 길 가다 되돌아오지 말고 조금 더 많이 전하고, 조금 더 잘 표현하며 살았으면 합니다.

굳이 길게길게 말하지 않아도 충분하다는 걸 이렇게 짧은 시로 표현하는 시인을 통해 배웁니다. 전하지 못했던 말, 마음이 있다면 지금이라도 전해보았으면 합니다.

살짝 쑥스럽다면 봄눈을 앞세워보는 것도 좋겠죠.

타이밍을
잘 맞춰봐봐봐요

2월에서 3월로 건너가고 있는, 2월의 마지막날에 읽어야
제맛인 시가 있어요.

박목월 시인의 〈3월로 건너가는 길목에서〉 중에서 함께
나누고 싶은 대목을 골라봤어요. 3월이 되면 모든 일이 다
잘될 것 같은 설렘과 희망을 듬뿍 전해주는 시인이 정말로
고맙습니다.

2월에서
3월로 건너가는 바람결에는
싱그러운 미나리 냄새가 풍긴다

'사랑은 타이밍'이라는 말이 있죠. 사랑뿐만 아니라 모든 관계에서 타이밍은 너무도 중요하다는 생각이에요.

어때요? 타이밍을 잘 맞추는 편인가요?

많은 수고와 노력에도 불구하고 타이밍을 놓쳐 허망한 결과를 얻은 경험은 없는지요? 반대로 별거 아닌데도 '마침' 딱, 그것이 필요한 절묘한 타이밍이라 엄청난 효과를 본 적은요?

타이밍을 잘 맞추려면 '관찰'이 중요해요. 사람 사이에는 관심을 가진 관찰이 되겠지요. 상대가 나에게 극적인 타이밍을 맞추어주기를 바라기 전에 내가 먼저 절묘한 타이밍을 맞춘다면 좋겠죠?

다들 지는 거 싫다면서, 1등 하고 싶다면서 이상하게 사람들과의 관계에서는

"상대가 하면 나도."

"그 사람이 먼저 하면 나도."

이런 식으로 양보 정신이 너무 투철한 경우를 종종 보게 됩니다. 좋은 관계는 상대만을 위한 것이 아니에요. 나를 위한 것이기도 하니 양보하지 말고 먼저 해보기로 해요.

그래도 내가 먼저 하는 건 쫌… 하는 생각이 드나요?

나는 나서는 거 싫어하고, 먼저 뭔가를 하는 그런 사람이 아닌데, 사람이 변하는 게 쉽나? 라고 하고 있지는 않나요?

변화는 중요하다고 생각해요.

2월에서 3월로 건너가는 변화가 있기에 손만 대면 다 이루어질 것 같고, 하고 싶은 일을 하기 위해 양쪽 겨드랑이에서 하나씩 날개가 돋아나는 것이 아닐까요. 절묘한 변화의 타이밍을 놓치지 않은 덕분에 말이에요.

10월 26일에 비가 오면, 기가 막힌 타이밍에 읽어야 할 시가 있답니다. 궁금하죠?

자존심을 버리고
달려가요

사랑에 자존심은 필요하지 않아요. 꼭 이길 필요도 없고
요. 그저 함께 행복하게 살기를 바라고, 그 바람들을 온몸
으로, 그리고 말로 표현하며 살고자 합니다.

그대 가슴에 먼저 불을 지피고
오지 않은 사람을 찾아가야 한다
- 〈기다리는 이에게, 안도현〉 중에서

사랑에는 표현이 참 중요하다는 걸 알기에 나는 늘 먼저
달려가는 사람이고, 시인의 표현을 빌면 기관차이고자 합

니다. 내가 오지랖 열바가지 아줌마인 건 세상이 다 아는 사실이고요.

기다리지 말고 사랑하는 사람을 향해 달려가는 기관차가 되어보기로 해요.
그러기 위해서는 이렇게 해야 한다고 시인이 말해주네요.
"그대 가슴에 먼저 불을 지피고."
핵심은 '먼저'겠죠?
맛난 점심으로 내가 먼저 가슴에 불을 지펴보는 건 어떨까요?
맛있는 거 먹으면 일단은 행복해지잖아요. 행복한 마음을 가득 담고 기관차가 되어 달려보아요, 우리~~~

비밀이 없는 사이?

"너무 많이 알려고 하지 마. 다쳐."

처음에는 이 말이 그렇게 잔인하게 들릴 수가 없었어요. 많이 서운했고 배신감마저 들었지요. 그런데 이 말이 나를 얼마나 위하는 말인지를 알게 되었습니다.

내가 이야기하고 내가 알려주려는 것 말고는 그 친구는 내게 아무것도 강요하지 않는 친구였어요.

누구는 그러더군요.

시시콜콜 비밀이 없어야 단짝 친구고 절친이라고요.

서로 비밀이 없는 사이가 정말 가능할까요?

나는 모든 것을, 비밀 없이 다 말했는데 그 친구가 나에게 숨기는 게 있는 것 같다는 생각이 드는 순간 느끼는 배신감은 서로에게 상처를 줄 수밖에 없습니다.

　친구는 나에게 모든 것을 말하는데 나는 한두 개 말하지 못하고 있는 것이 있다면요? 그 친구를 볼 때마다 미안한 마음이 들고 편하지 않겠지요. 그것 역시 결국은 서로의 마음을 멀어지게 할 수밖에 없을 겁니다.

　철길은 왜 서로 닿지 못하는 거리를 두면서 가는가?

　사랑한다는 것은 둘이 만나 하나가 되는 것이지만
　하나가 되기 위해서는 둘 사이에 알맞은 거리가
　필요하다는 뜻이다.
　서로 등을 돌린 뒤에 생긴 모난 거리가 아니라
　서로 그리워하는 둥근 거리 말이다.
　- 〈나란히 함께 간다는 것은, 안도현〉 중에서

눈만 보고는 몰라요

중학교 2학년 담임인 샘정.

코로나19로 인해 휴교와 온라인 개학을 거쳐 6월이 되어서야 만난 공주님들이지만 격일제 등교에다 사회적 거리두기로 인해 가까이 마주 앉아 이야기할 기회조차 없는 현실. 게다가 마스크를 끼고 있으니 서로의 표정조차 제대로 볼 수가 없는 상황이 너무 안타깝습니다. 조금 전 우리 공주님들에게 보낸 시를 여러분들과 나눕니다.

"선생님은 눈만 보고는 절대 모른답니다. 그러니 여러분들이 잘 이야기 해주어야 해요. 도움이 필요한 일이 있다면, 선생님이 알아야 하는 일이 있다면 꼭 이야기 해주어요."

라는 부탁과 함께.

선생님은 아무것도 모른다
나는 일 년 동안 매일매일 말했는데
눈으로…….

- 〈선생님은 눈만 봐도 다 알아?, 박찬세〉 중에서

남편인 '윤스퐁'에게도 가끔 말합니다.

"나는 당신이 제대로 말해주지 않으면 몰라요. 말도 하
지 않으면서 알아주기를 바라는 건 욕심이고, 말도 하지
않았으면서 당신 맘을 몰라준다고 서운해하는 건 당신 스
스로에게도 상처가 될 수 있지만 상대에게도 상처를 주는
일이 되어요. 나는 척 보고 알고, 눈빛만 보고 아는 그런 능
력은 없거든요."

저 선생님도 눈만 보고 안다고 뻥치지 말고 처음부터 이
렇게 말했더라면 좋았을 것을… 그죠?

"니가 말을 안 하면 내가 어떻게 아니?"

우리도 서로를 향해 눈만 보고 알아주기를 바라는 기대
대신 말로, 글로 표현하면서 살기로 해요. ^^

당신이 제대로 말해주지 않으면 몰라요.
글로 또는 말로 표현하면서 살기로 해요.

서툴지만
용기를 내어

발렌타인데이에 선물 대신 사랑하는 이에게 읽어주고 싶은 글이 있어요.

'머리만 긁적이다 자신의 머리를 쥐어박으며 돌아왔다면…' 이라는 대목에서 서점 시집 코너 앞에서 만나곤 했던 까까머리 머슴애가 떠오르기도 하고. 그래서 추억이 있다는 것은 아름다운 것이라고 하나 봅니다. 마치 그 애가 나를 만나고 집으로 돌아가며 끝내 하고픈 고백을 하지 못해 아쉬워하며 자기 머리를 쥐어박는 모습이 눈앞에 그려지니 나도 모르게 큭큭큭 즐거운 착각마저 듭니다. 솔직히 말하면 머리를 쥐어박은 것은 나였는데….

고백은 늘 서툴기 마련입니다

아무 말도 꺼내지 못하고 머뭇거리다 도망치듯
뒤돌아왔다고 해서 속상해하거나
자기 자신에 대해 실망할 필요가 없습니다
- 〈세상에서 가장 완벽한 고백, 김현태〉 중에서

10대 시절을 떠올려보면 가장 억울한 것이, 나를 따라온
남학생이 단 한 명도 없었다는 거. 그 흔한 연애편지, 연애
편지는 고사하고 짧은 쪽지 한 번 받아보지 못했다는 거.
그게 그렇게도 억울한 이유는 나는 많이 따라다녔고, 밤새
워 긴긴 편지를 썼었다는 것(헉, 이건 한 사람만 모르는 특
급 비밀인데)과 이제는 지나버린 시절이라 아무리 간절히
원해도 만들 수가 없는 추억이라는 거.

서툴면 어때요? 처음부터 잘하는 사람이 얼마나 되겠어
요? 용기를 내어보기로 해요.

가장 좋은 선물은 용서

지인 모임에 다녀왔다면서 친정어머니께서 전화를 하셨어요.

"좁은 대구 바닥이다. 너에 대해 말이 많단다. 병가를 내고 딴 일 하고 다닌다면서. 니가 얼마나 아프고, 지금도 병원을 두 군데나 다니면서 치료를 하는데…. 내 어찌나 분하고 속이 상하던지."

하며 울먹이면서 말씀을 잇지 못하시더군요.

왜 그런 이야기를 들었는지도 알고, 어머니 마음도 알기에 그냥 한동안 가만히 듣고만 있었습니다.

어머니께는 짧게 이야기를 드렸습니다.

그들은 제대로 몰라서 그런 거니 괜찮다고. 그들은 일부만 보고 생각하고 싶은 대로 하는 것이니 어쩔 수 없는 거라고. 그리고 우리가 할 수 없는 일로는 걱정하지 말자고.

모두의 이해를 받는다는 것은 욕심이라는 것을 압니다. 왜냐하면 나 또한 모두를 이해하지 못하기 때문이지요.

아이들을 떠나 있는 시간 동안도 샘정은 늘 교사였습니다. 블로그에도 썼듯이 학교 아이들과 함께하면서 그들에게 정성을 쏟지 못하는 대신 학교 밖에서 할 수 있는 것들로 아이들이 살아갈 세상에 조금이라도 도움이 되는 일을 하는 것이 나의 역할이라고 생각했기 때문이에요.

하지만 관점에 따라 다르게 보일 수 있고 그것은 그들의 몫이지 내 몫이 아니에요. 《말랑말랑학교》에도 썼어요. 여고괴담의 주인공이기도 했고, 학생 중심 수업을 하니, 놀면서 월급만 받아 가는 파렴치한 선생이 되었더라고. 그런데 어느 날 나에게 수업 방법에 대해 강의를 요청하고 배우러 오는 사람들이 생기는 아이러니한 세상이 되더라고.

지금 누군가 여러분을 이해하지 못해준다고 속상하거나 상처 받고 있다면… '용서'가 가장 좋은 선물이에요.

가장 어리석은 일은
남의 결점만 찾아내는 것.
- 〈가장 좋은 선물은 용서, 프랭크 크레인〉 중에서

누구를 위해? 당근 우리 자신이겠지요. 알죠? 겐샤이. 모든 것은 나로부터. 내 인생의 주인공은 나라는 것을.
내 블로그의 글 중 가장 조회 수가 많은 글이 〈뒷담화나 소문, 악플… 진짜 괜찮아요?〉랍니다.
그 글에서도 괜찮다 대답했지요.
블로그의 글 꼭 읽어보아요.

사소한 일을 비극으로 확대하지 마라
엽총으로 나비를 잡지 마라
웃어넘겨라
- 〈헨리 리더퍼드 엘리엇, 웃어 넘겨라〉 중에서

시인도 나와 같은 마음인가 봐요.
기억해요. 용서가 가장 큰 선물이라는 거.
그리고 신경 쓰지 말기로 해요.

감전사고 없는 사이가
좋은 사이

전류, 전압, 저항 수업 중에 읽어주는 시가 있어요.

전류는 전압 차가 있을 때 흘러요. 고압선에 앉은 제비가 감전되지 않는 건 제비 몸이 전선보다 저항이 크기 때문이기도 하고 제비 몸이 전압 차가 없어서에요.

사람 관계도 같아요. 두 사람 사이에 서로를 향한 마음에 차이가 크면 클수록 한쪽으로 전류가 너무 많이 흐르게될 거고 그걸 견딜 수 없을 때 감전사고가 생겨요.

내가 더 많이 생각하고 사랑한다고 자랑할 일이 아니랍니다. 오래 가는 사이가 되고 싶다면 서로의 전압이, 서로를 향하는 마음이 얼마인지 살펴보고 조율해야 해요.

고압선에 제비가 앉아 있다
1만 볼트의 고압선에 앉아 있는 제비는
1만 볼트이다
몸통과 두 발 사이의 전선은
1만 볼트의 병렬회로,
전류가 같아 흐르지 않는다
감전될 리가 없다
그동안 숱한 불길을 맞췄다
내가 2만 볼트의 고압으로
너를 더 사랑한다면,
그 직렬의 저릿저릿함
1만 볼트의 차이가 몸속을 지나가리라
아, 사랑이여, 전선이여
병렬의 내가
네 위에 앉아
단정히 여민 1만 볼트로 운다
- 〈1만 볼트의 제비, 고영민〉

샘정은 너무 애쓰는 관계는 아니었으면 한다는 말을 자주
합니다. 편안하게 인연이 닿는 만큼 가면 되지 않겠냐고.

사람 사이도 감전사고 없는 좋은 사이였음 해요.

흔들리면서도
잘 자라는 나무

열일곱 제자가 큰 감동을 줍니다.

중3을 함께 보냈던 아이는 이런저런 활동들을 하며 자신의 모습을 보러 오라고 종종 초대를 합니다. 하지만 모든 초대에 응할 수는 없고, 솔직히 거절할 때가 더 많아요.

"선생님, 이것도 말랑말랑학교 수업의 연장인 거죠? 상대의 선택을 존중하고 서운해하지 않는 연습을 시키는 거죠? 내가 서운하지 않아야 다른 사람의 부탁에도 당당하게 거절이라는 선택을 할 수 있다는 말씀을 이제 이해할 것 같아요. 선생님이 늘 말씀하셨잖아요. 사랑하는 거랑 부탁을 들어주는 것은 별개의 문제라고. 예전에는 친구의 부탁을 들어주지 않으면 미안하고 불편해서 억지로 무리해서라도 하곤 했는데. 그래서 너무 힘든 적이 많았는데 이제는 그러지 않게 됐어요. 선생님이 저를 사랑하지 않아서 오시지 않는 게 아니라는 걸 알고 서운하지 않게 되니까 이상하게 저도 그렇게 해도 될 것 같아서요. 저 이제 진짜 많이 말랑말랑해졌나 봐요."

'우리는 팔다리에 잎을 달고 있어 흔들리는 나무'라는 공광규 시인의 〈사람 나무〉라는 시가 떠오릅니다.

사람은 팔다리에 이파리를 달고 있는 나무여서
작은 비와 바람에도 쉽게 흔들린다네.

기특한 제자의 초대에 가고 싶은 마음 굴뚝같지만 그러지 못할 때 많이 흔들리지요. 흔들리지 않는 사람이 있을까요? 그녀 역시 서운한 마음에 얼마나 흔들렸을까…. 그런데 제자는 수업의 연장으로, 연습으로 받아들여주고 저홀로 쑥쑥 자라고 있네요.

흔들리면서도 잘 자라고 있는 나무. 우리 모두가 그런 나무가 아닌가 합니다.

흔들리고 있음에도 잘 자라고 있는 우리를, 네 장의 이파리 중 두 장의 손으로 토닥토닥해주면서, 칭찬해주면서 시작하는 오늘이었으면 합니다.

'행복의 편지'를 써보아요

오늘은 선물 받은 시를 나눕니다.

삶이란 그렇게
울고 웃으며
함께 걷는 것이라고
나란히 말할 수 있는

그대는
나에게 소중한 선물

- 〈아름다운 선물, 홍수희〉 중에서

늘 시를 보내다가 받아보니 그것만으로도 고맙고 가슴 벅찬데, '내 삶에 그대가 있어 참으로 다행'이라는 첫 구절에서 심하게 울컥…해버렸어요.

이 시와 함께 써내려간 글들을 읽고 읽고 또 읽으며 늘 느끼지만 나는 참으로 복이 많은 사람임을 새삼 느낍니다.

서로에게 존재만으로 힘이 되어준다는 거. 그런 사람을 가졌다는 거.

'선생본색' 한번 발휘합니다. 숙제 낼게요.

이 시를 보내고픈 누군가가 분명히 있을 겁니다. 그 사람에게 이 시를 꼭 전해보세요. 오늘 안으로.

요거이 숙제입니다. 검사 안 하는 숙제라고 안 하면 아니 되어요.

행운의 편지보다 더한 기쁨과 따스함이 숙제 잘한 선물로 주어지리라 믿씁니다아~.

미루지 말고
지금 하기로 해요

누군가 문득 생각이 나고
"잘 지내지?"
한 마디 묻고 싶은 사람이 있다면
"나중에"
"조금 있다가"
"시간이 나면"
하면서 미루지 말고 지금 해보기로 해요.
친절한 말 한마디, 미소,
그거 크게 어렵고 힘든 거 아닌데 생각난 김에 지금 해보
기로 해요.

친절한 말 한마디가 생각나거든

지금 말하세요

내일은 당신의 것이 안 될지도 모릅니다

사랑하는 사람이

언제나 곁에 있지 않습니다

사랑의 말이 있다면 지금 하세요

  - 〈지금 하십시오, 찰스 스펄전〉 중에서

늘, 당연히 올 것 같은 내일이 우리 것이 아닐지 몰라요.

흘러간, 그래서 이미 내 것이 아닌 어제에 머물면서

"그랬어야 했는데 후회스러워."

하면서 오늘, 지금 이 순간을 놓치지 말기로 해요.

"그 사람은 하지 않는데 내가 먼저 왜?"

라는 말도 하지 않기로 해요. 그건 그 사람 몫이니까요.

우리는 우리의 몫에 충실하기로 해요. 내가 하고 싶은 것을 미루지 않고 지금 하는 것으로.

강물처럼
살아보아요

샘정 : 우와~~강이다. 봐봐봐봐아~~~

정빈양 : (0%의 영혼도 담지 않고) 우와 강이다아~~~ 강
이 그렇게 좋으세요? 강만 보면….

샘정 : 강가에서 자라선가… 난 정말 강이 좋아. 특히 해
질 녘 강의 이 느낌, 이 정서가 너무너무 좋아.

정빈양 : 네네눼에~~~ 근데 아부지, 저 강 이름이 뭐예요?

남편 : 남한강.

정빈양 : 남한강요? 여기에 남한강이 흐른다고요?

남편 : 남한에 있으이 남한강이지. 그럼 저 강이 북한에
있나?

샘정 : 옴마야~~ 고건 아재 개근디요.

남편 : 그라마 내가 아재제. 아재가 아재 개그하지 뭘하노?

샘정 : 히잉~~그래도 자기랑 아재랑은 쫌….

정빈양 : 어머니, 아부지 아재인 건 인정하시고요… 대신
잘생기고 멋진 아재로… 됐죠?

엄마와 아부지 모두를 토닥토닥 해주는 정빈양의 쿨한
정리.

강물은 강물끼리 손잡고 가고 가족은 이렇게 서로를 다
독이며 가나 보다 하는 마음에 따뜻함이 번지더군요.

누군가 막으면 돌아가는 지혜를 강에게 배우며 집으로
갑니다.

강물은

누구와도 다투지 않는다.

누가 길을 막으면

돌아서 가고

- ⟨강물, 노원호⟩ 중에서

PART 002
|
많이
힘든가요
?

오늘
어땠나요?

오늘 어땠나요?

나는 무척 힘들었어요. 정말 전쟁같은 하루였거든요.

일은 꼬일 대로 꼬이고 사람들은 내 맘 같지 않고. 하루 종일 동동거리며 뭘 하긴 했는데 성과는 하나도 없고.

그래서 위로를 받고 싶은 마음에 시를 한 편 읽었는데, 시인이 토닥토닥, 쓰담쓰담 해주네요.

구구절절 말하지 않아도 내 하루가 어땠는지, 내 설움이 얼마나 진한지 다 전해진다고. 하루를 겨우 '버텨낸' 것을 알아주는 것 같은 시. 그 느낌이 너무 좋아 여러분과도 나눕니다.

하루 아니 얼마간의 고단함을

눈물처럼 쏟아내도 괜찮다고 얘기해주고 싶었습니다.

하루를 겨우 버틴 당신에게

작은 위로가 되었으면 합니다.

- 〈하루를 겨우 버틴 당신에게, 이원영〉 중에서

힘든 하루였다면…

작은 위로가 되었으면 합니다.

나에게
오렴

20년 만에 연락해온 제자가 사는 게 너무 힘들다고 하네요. 일에도 사랑에도 모두 실패하여 세상 그 어디에도 자신이 설 곳이, 작은 두 발 디딜 곳이 없는 것 같아 절망하고 있다는 문자에 가슴이 먹먹해지더군요.

정말 열심히 사는데 왜 이러느냐고, 남에게 피해주지 않고 손 벌리지 않고 아등바등 살아보려 몸부림을 치는데 세상은 왜 이리 자신을 옥죄느냐고.

중학교 1학년에 만나 서른 중반이 된 그녀.

"누구보다 꿈 많고 열정적이었지만 세상은 저에게 너무 가혹해요."

누구 한 사람은 '그저 빈몸으로 아무 때나 내게 오라'는 말을 그녀에게 해주어야 하지 않을까 싶었어요. 누군가 해야 한다면 그게 나이기를… 하는 마음으로 살아가는 사람이라 이 시를 그녀에게 보냈습니다. 샘정은 그녀의 담임이니까요.

오렴
사는 일에 지쳐 자꾸
세상이 싫어질 때
모든 일 다 제쳐두고
내게 오렴
-〈오렴, 백창우〉 중에서

그녀의 꿈은 결국 그녀 스스로 다시 빛나게 해야 하지만 잠시 쉴 수 있는 곳, 따뜻하게 안아줄 수 있는 누군가가 있다는 것만으로도 그녀가 다시 힘을 얻을 수 있다면, 하는 마음으로 그녀에게 전한 말.

"나에게 오렴."

나에게 말해요,
"나는 참 예뻐"

"좋은 아침입니다!"

라고 말하면 이 순간부터 좋은 아침이 될 것 같죠?

그 설렘이 참 좋아요. 그래서 진짜 좋은 아침입니다.

하루를 시작하며 스스로에게 거는 마법, 내가 좋은 아침으로, 좋은 날로 만들겠다는 마법의 주문이지요.

마법이 통하느냐고요? 통하는 비법은 '내 인생의 주인공은 나'로 사는 것입니다.

진짜 저 주문이 통하는지는 여러분의 몫이에요. 일단 해보라니까요.

늘 하는 말, 나는 나를 예뻐하자.

겐샤이, 기억하죠?

모든 것의 시작은 나 자신으로부터 라는 것을 기억해요.

나호열 시인의 시 〈당신에게 말 걸기〉에 이런 구절이 나와요.

당신은 참,
예쁜 꽃

시인도 나와 같은 마음인가 봐요. 여전히 자신이 예쁜 꽃인 줄 모르는 것 같아 굳이 말 걸어 이야기해주네요.

"당신은 참, 예쁜 꽃" 이라고.

시인도 오지랖??? 시인님~ 그건 샘정꺼예요.

●

말랑말랑학교의 숙제 나갑니다.

1. 자뻑 되기 : 거울을 보며
   '나는 참 예뻐, 정말 멋져'라고 말해주기
2. 오지랖 되기 : 오늘 하루 세 사람에게
   '당신은 참, 예쁜 꽃' 이라고 말해주기

숙제 꼬옥 해야 해요.
오지랖도 같이 하는 따뜻한 동행.

차 한잔해요,
우리

오늘도 수고한 날이었으리라 생각해요.
사랑차 한잔, 어때요?

아집과 자존심은 속을 빼고
깨끗이 씻어 말려두고

짜증과 화는 껍질을 벗겨
송송 썰어 넓은 마음에 절여둔다.
- 〈사랑차 끓이는 법, 최채식〉 중에서

시인의 사랑차 끓이는 법을 살짝 엿보았어요. 시인의 비법도 있겠지만 시인의 방법을 꼭 따르지 않아도 되겠지요. 차 한잔을 마셔도 언제나 나답게.

나만의 레시피를 만들어보는 것도 재밌을 거 같아요.

샘정은

'기대와 비교는 내 마음 대신

약한 불에 아홉 번 달달 볶아둔다'

를 더해서 끓였습니다.

믿음의 잔에 부어….

믿음 역시 자기 자신에 대한 믿음이 가장 먼저겠죠?

따뜻한 사랑차, 같이 한잔해요.

그대의 사랑차 레시피에 관해 말하는 그대 목소리를 들을 수 있다면 더없이 좋은 시간일 것 같아요.

어른을 위한
자장가

불면의 밤을 보내고 있다는 그대에게 들려주고 싶은 시입니다.

자장자장~~~ 토닥토닥…

아침에 브람스 자장가를 듣는다.
자장가는
어린아이들을 위한 게 아니다.
어린아이들은
자장가 없이도 잘 자니까.

- 〈자장가, 정현종〉 중에서

그럴 수 없을 거라는 걸 알면서도 편안하게 한숨 자길 바라는 마음으로.

생각을 잠시 멈추고 그냥 한숨 푹 자도 아무도 뭐라 하지 않을 텐데.

삶의 무게를 잠시나마 내려놓고 까무러치듯 한숨 자도 되는데… 그러지 못할 걸 아니까.

생각이 많아 좀처럼 잠들지 못하는 어른들을 위해 자장가를 불러주고 싶어요.

자장가가 있어야만 잠이 들 수 있는 불면의 우리, 어른들을 위하여.

사람에 무너져도
사람에게 위로 받는

8월 말임에도 불구하고 쨍쨍한 햇빛과 높은 온도.

사람들의 예민함도 비례하여 상승할 수밖에 없겠지요.

그러다 보니 본의 아니게 상처를 주고받기도 하고 작은 일에도 맘 상하게 되어요. 그래서 사람에 무너지는 날, 다치는 날이 생기고요. 어제 직장인으로서 그랬어요.

퇴근 후 야간 경기를 보러 야구장에 갔습니다. 주중이었지만 그래야만 다음 날 출근을 할 수 있을 것 같았거든요. 야구장에 가기만 하면 돌변(?)하는 마누라가 부끄럽다며 남편은 "떨어져 앉아라" 라는 말을 잊지 않더군요. 어제는

20대 딸도 함께 갔는데 딸도 당부를 하더군요. 적당히 즐기시라고.

같이 노래하고 춤추고 함성을 지르고 박수 치고, 아쉬움에 탄성을 지르고, 그렇게 몇 시간을 보내고 나니 기분이 좀 나아지더군요.

최선을 다해 경기를 하는 선수들, 열띤 응원을 하는 수많은 사람들. 알지도 못하는 사람들에게 받는 위로가 좋았습니다. 떨어져 앉으라고 했으면서도 옆에 앉아 있는 남편과 가끔씩 팔을 끌어 앉히며 엄마 곁을 지켜준 딸아이가 고마웠습니다. 함께해준 그 마음이.

그렇게 사람에게서 힘을 얻어 또 일상을 살아가는가 봅니다. 지금 여러분에게 힘이 되어주는 사람, 그 사람들을 떠올리며 오늘도 살맛 나는 날이 되시기를…

살다 보면
사람에 무너지는 날 있다
사람에 다치는 날 있다
- 〈사람이 위안이다, 박재화〉 중에서

억수같이 힘든 일은 냅두기로

비 오는 금요일입니다.
출근길 버스 창밖으로 비 오는 거리에 사람들이 많습니다.

> 어머니 비가 억수로 내려요
> 냅둬라
>
> - 〈어머니의 힘, 복효근〉 중에서

억수같이 내리는 비처럼 우리네 삶에도 억수같이 힘든
일이 종종 있어요, 그죠?
정말 내 힘으로는 어쩔 수 없는 것들이…

냅두는 거 밖에는 할 수 없는 그런 일들이.

하지만 냅두는 지혜를 모르기에 너무도 고통스러워했던

건 아닐까 하는 생각을 해봅니다.

냅뒀더니…

비가 그치는 날이 온다는 거.

빨간 신호등에서는
멈추어야 해요

토요일 오후,

지금 이 순간 어디 있나요?

샘정은 혼자 카페에 앉아 커피도 마시고, 선택의 여지가
주어지지 않는 공짜 음악을 듣고, 책도 읽고, 큰 창을 통해
도시 구경도 하고 있는 중입니다.

빨간 신호등 앞에서, 달리던 차들이 모두 잠시 쉬는 풍경
이 펼쳐졌어요.

우리에게도 가끔은 나를 멈추게 할 빨간 신호등이 필요
하다는 생각을 해봅니다.

아이들을 탐구대회에 데리고 왔는데 (고맙게도) 끝나는 오후 5시까지 내 앞에 켜진 빨간 신호등. 그래서 잠시 쉬어 봅니다.

할 일이 얼마나 많은데, 하면서도 내 의지와는 상관없는 토요일 출장이라는 빨간 신호등.

아무리 바빠도
잠시 쉰다.
- 〈신호등 앞에서, 서정홍〉 중에서

그 덕분에 잠시 쉬는 호사를 누리는 중입니다. 삶에도 군데군데 빨간 신호등을 켜고 쉬면서 가야 함을 느낍니다.

좋은 주말 되셔요.

낙서라 해도
내게는 즐거움

움직이는 이모티콘을 만들어 제안서를 보내놓고 한 달을 기다렸지만 결국 거절의 답변을 받았어요.

'꼭 필요한 것 같은데, 세상에 나오기만 하면 모두들 자기들이 원하던 거라고, 대박 날 것 같은데, 그들은 모르는 걸까?'

한참을 씩씩대며 세상이 왜 이렇게 나를, 내 그림을 몰라주느냐고 분통을 터트리다가 후다닥 일어나 다시 클립스튜디오를 열었습니다. 파일을 열어놓고 뚫어지게 바라보았지요.

'내가 그린 것들은 낙서에 불과한 건가?'

나에겐 하나의 작품인 것을
타인은 '낙서'라고 한다.
- 〈낙서, 이제민〉 중에서

괜히 시인에게 화를 냅니다.

"내가 그린 건 당신이 쓴 거랑은 다르거든요. 아무런 느낌도 없이 그려나간 게 절대 아니거든요. 당신 것은 낙서라 불려도 되지만 내 것은 절대 아니거든요."

절대 아니거든요, 를 말할 때는 어금니를 부딪치며 소리까지 내가면서 비장함까지 담아봅니다. 그러다 피식, 하고 웃고 말았지요

세상이 나를 몰라주면 어떠랴. 내가 언제부터 상품으로 만들어지는 그림만 그리는 사람이던가? 혼자 보아도 좋고, 블로그나 인스타에 올리고 마음에 든다는 한두 사람만 있어도 행복했건만.

세상이 나를 알아주기를 바라는 마음이 내 안에서 자라기 시작한 순간부터 억울해지기 시작했나 봅니다. 결국 그것을 내려놓을 수 있는 것도 나 자신임을 깨달으니 그림들이 살아서 움직이고 춤을 추기 시작했어요.

사람들은 묻습니다.

"실패한 경험이 있나요? 실망하고 그래서 자존감이 떨어질 때 어떻게 하세요?"

카톡 이모티콘 제안에 거절당한 일은 실패가 아니라 내게 경험을 선물해주었고, 나를 돌아보는 기회가 되었지요. 그리고 내가 원하는 것을 다른 사람들도 원하는 건 아니라는 것, 상품은 팔릴 가능성을 고려해야 한다는 것에 대해 더 깊이 생각하게 해주었어요. 이런 이야기들을 나눌 수 있게 된 덕분에 강연 내용이 더 풍부해졌고요.

솔직히 순간적으로 실망은 했지만 그걸로 자존감이 떨어지지는 않아요. 비결은 문턱이 조금 낮은 곳을 공략하면서 열정의 불씨를 다시 지피는 거죠. 그 결과물이 바로 '운빨요정' 스티커들이에요. 블로그 포스팅을 하면서 사용하고 싶은 스티커를 만들었고, 나 혼자 쓰기보다는 상품화하면 좋겠다는 생각으로 도전했어요. 그리고 성공했지요!

이렇게 작은 성공들로 나를 응원하며 조금씩조금씩 더 큰 목표를 향해 나아가고 있답니다.

운빨요정
24개의 스티커
구경해 보세요.
내가 블로그를
운영하면서
가장 많이 쓰이고
필요하다고
생각한 것들을
댓글 중심으로
만들어보았어요.

텅텅
비어봅시다!

늘 상상 그 이상의 샘정인 거 아시죠?

학교 아이들로부터 스승의 날 '예측할 수 없상' 이라는 상
장까지 받았으니까요.

아름다운 소리를 내는 것들은 다 속이 비어 있다

- 〈속 빈 것들, 공광규〉 중에서

늘 삐딱한 샘정, 이 시를 읽으며 부르는 노래는

속이 꽉 찬 남자 99.9~~~♪♬

한껏 목청을 높여 한 곡 부르고는 시인에게 공감하며 고

개를 끄덕입니다.

채우려는 것보다 힘든 것이 내 안의 것들을 비워내는 것임을, 내려놓음이 얼마나 더 힘든지 알지요.

"놓치지 않을 거예요~~"를 외치는 여배우처럼 우리 역시 아름다운 것은 놓치고 싶지 않잖아요. 그죠?

속 빈 사람이 되어볼까요? 이번 주말에는 텅텅 비어보는 내가 되어볼까요? 속 빈 것들과 놀아볼까요?

생각 없다, 속이 비었다 살짝 째려(?)보았던… 그래서 속이 꽉 찬 99.9를 찾아 헤매던 발걸음을 잠시 멈추고 내가 아는 속 빈 사람들과 아무 생각 없이 신나게 놀아보면 어떨까요?

관점을 바꾸는 신선한 즐거움을 누려보기로 해요.

구김이 주는
편안함

문득 빨래를 개다가 생각난 시가 있어 나눕니다.

모서리들이 딱딱 맞게 반듯하게 만들어보려다 피식 웃으며 손에 들어간 힘을 뺐습니다.

아무리 접어도 모서리가 반듯해지지 않는다.

다시 펴서 쓰다듬고 당겨 본다.

귀퉁이를 접으니 또다시 비스듬하다.

이 비스듬한 주름살들을 따라

물들이 흘러갔던 것이다

- 〈빨래의 힘, 노혜경〉 중에서

새 옷인 듯 태어나려고, 라는 시인의 표현에 짠함이 밀려오고 내게 꼭 맞는 껴안음을 내게 주려고, 라는 표현이 너무 감동적이라 혼자 울컥했습니다.

아무리 펴도 새것처럼 되지는 않지만, 그 구김이 주는 뭐랄까 삶의 흔적의 느낌이 좋아 빨래를 만지는 손이 느려지더군요.

구김이 좀 있으면 어때…
좀 낡아 보이면 어때…
빨래가 주름이 늘어가는 나인 듯
빨래가 여기저기 나잇살 붙은 나인 듯.
그래서 이렇게 말해봅니다.
"굳이 새 옷인 듯 태어나려 하지 않음 어때."

후회되는 구김도 있고 원치 않은 구김도 있었겠지만 그러면서 입던 옷의 익숙함과 편안함을 가지게 되었듯이, 내 삶의 시간들도 그저 그렇게 담담히 받아들이자 하는 마음.
빨래에게서 토닥토닥 위로 받는 느낌이었습니다.

구김이 좀 있으면 어때요?
좀 낡아 보이면 어때요?
빨래에게서 토닥토닥 위로 받습니다.

엇박자인
날에는

정신없이 바쁜 날들.

잠시 멈춥니다.

비 덕분에.

시인 덕분에.

> 불협화음만 가득한 이 연주,
>
> 몇 시간이고 피아노 앞에 앉아 있다
>
> 바하의 미뉴엣은 오늘도 미완성이다
>
> -〈바하의 비, 최가림〉 중에서

비오는 날에는 바하의 미뉴엣을 들어야 하거든요.

일부러 베란다 문을 열고 빗소리와 함께 듣는 시인의 추천곡 바하의 미뉴엣.

정말 비는 박자를 맞추지 못하네, 하며 피식 웃어봅니다.

피아노 앞에 몇 시간이고 앉아 있다는 시인은 여유 있어 좋겠다… 부러워하며 샘정도 조금만 더 비와 바하를 만나고 일을 해야겠어요.

비가 여전히 엇박자여서 좋습니다.

한 가지만
내려놓기

오늘은 날씨가 좀 풀린다죠?

그래도 이제는 가을은 정말 가버린 듯해요.

이리저리 일들이 많아 우선순위를 정하다가 잠시 여유를 가져야겠다는 생각에서 펼친 시집에서 눈에 들어온 시입니다.

> 뒤꼍 대추나무
> 약한 바람에 허리가 뚝 꺾였다
> - 〈욕심, 공광규〉 중에서

약한 바람에 허리가 뚝? 강한 바람이 아니고???

그대가 생각하는 원인을 적어보세요.

　시인의 대추나무를 보면서

　나는 어떤 나무인가, 한번 생각해봅니다.

　다행이다 싶습니다. 이렇게 시를 읽으며 잠시나마 스스
로에게 여유를 선물할 수 있으니 허리가 뚝, 하는 시인네
뒤꼍 대추나무와 같지 않아 다행이야 하면서 나도 모르게
손이 허리로 갑니다.

　너무 많이 달고 있는 열매가 문제였다는 대추나무에게
서 우리의 모습을 한번 반추해보기로 해요.

　오늘 한 가지만 내려놓기로 해볼까요?

　다 내려놓았어, 라는 것도 욕심일 테니

　오늘은 딱 한 가지만 해보기로 해요.

때론 직선
때론 곡선

컬링 경기를 보며 느낀 곡선의 미학.

직진하지 않아도, 무조건 빠르지 않아도 된다는 것을 새삼 깨닫게 되더군요.

결코 거리의 낭비도 시간의 낭비도 아닐 수 있다는 걸 알게 되었어요. 크게 심호흡 한 번 하며 빙 둘러가야 하는 지점을 아는 현명함을 가지고 싶습니다.

삶은 그런 건가 봐요. 때론 직선, 때론 곡선.

빠른 길 놔두고

돌아가길래

비이잉
서두를 줄 모르길래

시간 낭비한다고
발 동동 굴렀는데
- 〈곡선, 최향〉 중에서

　다른 사람들은 다 잘 사는 것 같아 보이죠? 직선을 아주 빠른 속도로 달려가고 있는 듯이.
　하는 일마다 술술 풀리고 지갑도 두둑하고 연애도 잘되고. 뭐 하나 걸리는 것 없이 잘되고 있는 것처럼 보이죠?
　그런데 왜 나는 이 모양 이 꼴인가 싶은가요?
　그런데… 진짜 그런데요. 그대 눈에 다 잘돼가고 있는 것처럼 보이는 친구가 그대를 보면서 그런 생각 하고 있다는 거 아는지요?
　광고의 한 장면 기억해요? 포장마차에 앉아 '사표 쓴다'라고 말하는 사람을 부러워하며 '취직을 해야 사표를 쓰지'라며 방바닥에 누워 있는 백수 총각을 보고 군인이 '부럽다 누워 있어서' … 뭐 그런 광고 있잖아요.

인터넷에 누구 누구 엄친아, 엄친딸이라는 기사가 뜨면 절대 클릭하지 마세요. 괜히 읽으면서 외국어를 네 개씩이나 해? 달랑 한국말 하나 할 줄 아는 나는 뭔가, 하며 한숨 쉴 필요 없답니다. 얼마나 희귀하면 신문에 날까, 하며 그냥 넘기세요.

샘정의 비법은 아마 그 엄친아도 나를 보며 부러워할 것이 분명 있을 거라 믿으며 나의 지금은 곡선 구간이라 생각하는 거랍니다.

여러분의 지금은요?

잘 쉬고
계신가요?

일요일이라고 해도, 황금연휴의 중간날이라고 해도 결코 쉬지 못하는 분들이 있음을 알지만 그래도 이렇게 물어봅니다. 잘 쉬고 계신가요?

내가 가끔 보내는 시를 읽고 이런 글을 주는 분들이 계십니다.

"샘정은 시도 읽고, 글도 쓰고, 이렇게 다른 사람에게 보내는 여유도 있군요. 거기 비하면 저는 너무 메마른 가슴으로 너무 삭막하게, 숨 가쁠 정도로 정신없이 살아가는 거 같아요. ㅠㅠ."

샘정은 이렇게 대답을 하곤 합니다.

"어쩌면 저를 포함해 우리 모두 메마르고 바쁘게 그렇게 살고 있지 않을까 해요. 그래서 잠시 쉬어가자는 마음에서 가끔 시를 읽곤 해요. 시 한 편이라도 읽으며 쉬어갔으면 하는 마음이고, 그래서 오지랖 부리며 나누려 하는 거고요. 제 글을 읽는 동안이라도 몇 분 정도라도 심호흡을 했으면 하는 마음에서 나누는 거랍니다. 함께 잠시 쉬어가자는 마음에서…."

내 글이 잠시의 휴식이라도 되었으면 정말 좋겠어요.

문장에도 쉼표가 있고
악보에도 쉼표가 있듯이
-〈쉼, 오정방〉 중에서

샘정네는 어제 오늘 새벽 5시에 시골로 가서 뜨거워지기 전까지 일을 하고 10시쯤 돌아와 휴식을 취하는 중입니다.

인터넷 티비의 무료 영화만 보려는 짠돌이 서방님과 돈쯤 들여서라도 보고 싶은 영화를 보자는 샘정. 오늘도 알콩살벌하지만 잘 쉬고 싶습니다.

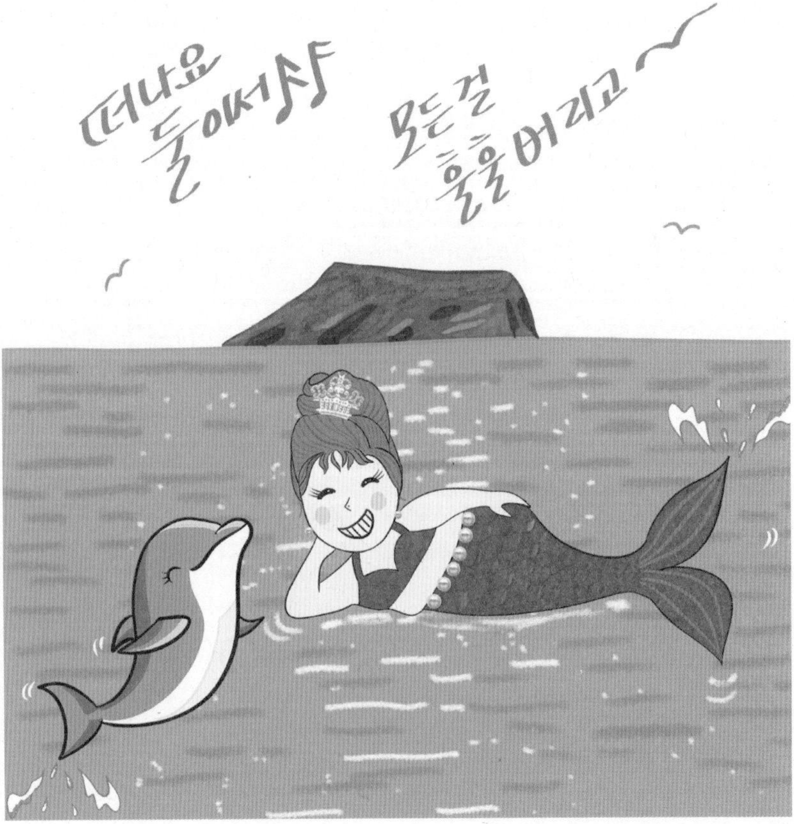

떠나요 둘이서
모든 걸 훌훌 버리고

다행 찾기
행복 찾기

문득 행복은 어떤 얼굴, 어떤 모습일까 궁금해집니다.

내게 온 행복을 내가 알아보지 못하면 어떡하죠?

세상살이가 힘들 때 샘정이 하는 방법이 있어요.

'다행 찾기.'

종이에 지금 이 순간 다행이다, 싶은 것들을 적어보는 거지요.

내 발밑에, 내가 제대로 보지 못한 행복들이 이렇게 많은 행복들이 있었나 하는 생각이 들 거예요.

같이 찾아볼까요?

발밑에 떨어진 행복들을.

세상살이에 힘을 갖고 싶다면
발밑에 떨어진 행복부터 주워담아라.
- 〈발밑에 떨어진 행복부터 줍기, 틱낫한〉 중에서

홍성남 신부님의 〈긍정적으로 살면 인생도 술술 잘 풀립니다〉에 이런 글이 있어요.

10대 자녀가 부모인 당신에게 대들고 심술을 부린다면
그건 아이가 거리에서 방황하지 않고 집에 잘 있다는
뜻이고,
내야 할 세금이 있다면 그건 내가 살 만하다는 뜻이고,
옷이 몸에 조금 낀다면
그건 잘 먹고 잘 살고 있다는 뜻이다.
닦아야 할 유리창과 고쳐야 할 하수구가 있다면
그건 나에게 집이 있다는 뜻이고,
빨래거리, 다림질 거리가 많다면 옷이 많다는 뜻이고,
가스요금이 너무 많이 나왔다면
그건 내가 지난 겨울을 따뜻하게 살았다는 뜻이다.
정부에 대한 불평 불만의 소리가 많이 들리면

그건 언론의 자유가 있다는 뜻이고,
지하철이나 버스에서 누군가 떠드는 소리가 자꾸 거
슬린다면
그건 내가 들을 수 있다는 뜻이고,
주차장 맨 끝, 먼 곳에, 겨우 빈 자리가 하나 있다면
그건 내가 걸을 수 있는 데다가 차까지 있다는 뜻이다.
온몸이 뻐근하고 피로하다면
그건 내가 열심히 일했다는 뜻이고,
이른 아침 시끄러운 자명종 소리에 깼다면
그건 내가 살아있다는 뜻이다.

정말 이렇게 생각하면 삶이 술술 풀릴 것 같죠?
우리도 해볼까요? 우리는 다행 찾기로, 3개만 해보기로
해요. 알죠? 욕심은 금물이라는 거.
으음~~~ 샘정의 지금 다행인 것은
하나, 마스크 끼고 하는 수업 너무너무 힘들지만 나이가
많은 교사라서 다행이야. 마스크 낀 학교 생활을 힘들어하
는 아이들을 품을 수 있는, 품이 넉넉해진 나이라서 정말
다행이야.

둘, 신상 좋아해서 다행이야. 코로나19로 인해 급변하는 요즘, 새로운 것에 대한 두려움도 크지만 호기심이 더 커서 뒤로 물러서거나 포기하지 않고 새로운 것을 배우고 시도해보려 노력할 수 있어 정말 다행이야.

셋, 뚜벅이라 다행이야. 비만 판정 받은 몸을 위한 운동, 걷기가 좋다잖아. 근데 더 걸어야겠어. 11층 살고 있으니 계단도 올라야겠어….

그대의 다행 찾기도 궁금해요.

라면 한 그릇의 행복

　김홍식의 에세이 《죽어도 행복을 포기하지 마라》를 보면, "정말 행복한 사람은 모든 것을 다 가진 사람이 아니라 지금 하는 일을 즐거워하는 사람, 자신이 가진 것을 만족해하는 사람, 하고 싶은 일이 있는 사람, 갈 곳이 있는 사람, 갖고 싶은 것이 있는 사람"이라는 말이 나와요.

　그대, 이 중 하나에는 속하죠?
　작가는 어쩌면 당신이 바로 행복한 사람이다, 라고 말해주고 싶었나 봐요. 작가는 어떤 일이나 상황을 대하는 태도가 중요하다고 말해요. 나는 아닌데, 라고 거부하는 대신 맞아, 나 오늘 그거 해야 하고, 거기 가야 하니 나는 행복한 사람 맞아, 라며 즐기는, 그래서 행복을 만드는 사람이 되어보아요.

평범한 우리를 사랑하기로 해요. 갑자기 출출한 것이 라면 한 그릇 생각나죠?

> 멀리 낮기차 지나가는 소리에 맞춰
> 냄비엔 물이 끓고
> 가지런히 누운 대파를
> 숭숭 썰어 넣는다.
> 잘 익은 김치를
> 밥상 위에 올리면
> 더 이상 부러울 것 없는 시간
> - 〈라면을 끓이면서, 정구찬〉 중에서

햇살 눈부신 야외 테라스에서 멋진 점심을 먹고 싶지만 일요일 오후 텅빈 집에서 약속 하나 없이 헐렁한 면티에 후줄근한 고무줄 바지를 입고 라면 앞에 앉은 당신. 그래도 행복한 거 맞죠?

꼬들꼬들하게, 딱 알맞게 면발을 익히기 위한 몰입과 신 김치를 찾아 냉장고를 뒤지는 열망이 멋지잖아요.

평범하기만 한 그대 모습이 우리 모두의 모습이랍니다.

다 먹고 살자고 이러는데, 라는 말이 저절로 나오는 지극히 평범한 우리 모두의 모습. 시인의 말처럼 산다는 것은 허기를 다스리는 일이잖아요.

쉼의 미학

몇 줄의 글, 수많은 말보다 한 장의 그림에 담을 수 있는 것이 더 많다는 것을 그림을 그리면서 알게 되었어요.

우리 오늘은 이렇게 쉬어요.

하늘을 훨훨
가벼이 나는 새도

틈틈이 쉬는 시간을 가져
고단한 날개에 새 힘을 채운다.
- 〈쉬엄쉬엄, 정연복〉 중에서

바쁜 일상에서 시 한 편으로 누리는 '잠깐의 여유'라는
호사, '나눔의 기쁨'이라는 즐거움을 누리는 샘정. 그래서
참 많이 감사하고 행복하답니다.

나를 잘
돌보기로 해요

지금 대구는 눈이 옵니다. 많이도 내리네요.

남편은 버스를 타야겠다며 서둘러 집을 나서며, 눈 오는 게 반갑지 않다고 투덜거립니다.

소년 감성 어디로 갔냐니까 출퇴근 걱정, 미끄러져 넘어 질까 걱정이 앞선다며 현실 중년의 모습을 보여줍니다.

눈오는 12월.

12월은 특별히 자신을 잘 돌보았으면 해요.

자칫하면 반성과 후회, 그로 인한 자책으로 보낼 수 있으 니까요.

이런 날에는 정연복 시인의 〈함박눈〉을 읽어야 합니다.

눈이 오는 날에는 슬픔도 걱정도 잠시 새하얗게 지워버리고 함박웃음 지어보자는 시인의 말을 들어볼까 합니다.

함박꽃 송이처럼 큰 웃음 짓는 날을 만들어보아요.

저 눈이… 하느님이 손이 시려 덜덜덜덜덜 떠시는 바람에 지상으로 흘러내린 밥알이라던 김소운 시인을 떠올리며 흘러내리는 밥알 양을 보니… 손이 많이 시린 걸까요? 아님 밥 숟가락이 대빵 큰 걸까요?

유머를 잃지 않는 하루였음 합니다. 나를 잘 돌보아야 하는 거 기억해요.

●

12월은 '나 돌봄의 달'
12월의 계획을
코디북으로 만들어보았어요.
그림으로 가져보는 샤넬백,
유니크한 스웨터도 빠질 수 없어요~.

그림으로 가진
샤넬백,
나만의 방식 찾기

감귤 베레모,
타인의
창의성에
박수를!

나 돌봄의 달

빨간색 호피무늬 비키니,
새로운 도전으로 설렘

12월 코디북

신짝씩
나눠끼면
더
따뜻할 거같은
손모아 장갑,
나눔

청바지,
일상의
행복에
감사

유니크한 스웨터,
유쾌함 유지하기

편하고
따뜻한 부츠,
나를 위한
선택인지 점검

PART 003
—

응원이
필요한가요
?

우리,
잘하고 있어요

얼마나 이루어야 잘 사는 것일까요?

야구를 좋아해 가끔 야구장을 찾습니다.

유명한 타자도 숱하게 삼진의 굴욕을 당하고 있는 모습
을 보면서 우리네 삶을 생각해보게 되어요.

야구에

타율 10할은 없다

제아무리 뛰어난 타자라도

고작 3할 대에 머문다

- 〈야구 인생, 정연복〉 중에서

타율 10할에서 3할이면 진짜 잘하는 거라는데 문득 100점에 30점의 점수를 받는다면? 잘한다고 칭찬하는 사람이 있을까, 하는 생각이 듭니다.

지금 우리… 2할, 3할 정도 하고 있는 우리는 잘하고 있는 거구나, 싶은 안도감도 들고요.

과녁을 비껴간 화살이 더 많지만....

세상에서
가장 힘센 말

어제 '책 읽는 나의 어머니' 이벤트 소식에 어머니가 계시지 않아, 어머니께서 편찮으셔서 안타깝고 마음이 아프다고… 그런 상황 고려하지 않고 생각없이 링크를 걸었냐는 친구들이 있었어요. 그 친구들에게 말했어요.

"니가 엄마잖아. 아들에게 책 읽는 니 모습 찍어달라고 해봐."

십대 시절 샘정의 꿈 중 '좋은 엄마'가 있었어요. 책에서 만나는 수많은 엄마들, 멋지고 따뜻한 엄마들. 내가 그런 엄마를 가지지 못함을 속상해할 것이 아니라 내가 그런 엄마가 되어야겠다는 치기어린 마음이었을까요.

근데 엄마가 되어 살아보니 좋은 엄마가 된다는 건 참으로 어려운 일이었어요.

> 학교를 그만둔 날
> 엄마가 내게 해 준
> 괜찮다는 말
> -〈세상에서 가장 힘센 말, 김애란〉 중에서

이 시는, 좋은 엄마이고 싶은데 그러지 못해 자괴감에 빠져 있던 시절을 떠올리게 해주었어요.

"괜찮다"고, 언제나 니 편이라 말해줄 수 있는 엄마.

그 말이 너무 듣고 싶었는데, 간절했는데 그런 말을 해줄 수 있는 엄마는 결코 쉽지 않음을… 엄마가 되어보니 알겠더군요. 누군가의 딸이면서 또 누군가의 엄마로 살아가는 삶. 내가 듣고 싶었던 말을 해주면 되었는데 말이에요.

우리 오늘은 내가 듣고 싶은 말을 누군가에게 해보기로 해요. 세상에 가장 힘센 말을 해주는 오늘을 만들어보아요.

시작,
두렵지만 용기를 내어

아이들도 없는 교생이 왔어요.

교사가 될 희망이 없다는 걸 알지만… 으로 시작하는 그
녀의 말에 뜨겁게 울컥하더군요. 절망의 시간을 살아가고
있는 그녀에게 준 시를 여러분들과 나눕니다.

시작한다는 것은

안 된다는 걸 믿는 것이 아니라

된다는 것을 믿는 것이다.

- 〈시작한다는 것, 이동식〉 중에서

교생들을 위해 7개월만에 유튜브 영상도 업로드 했어요. 여전히 오지랖 열바가지로 살고 있는 샘정입니다.

내일부터 교생들의 수업 참관이 있는데 거리두기를 교실에서도 해야 해서 온라인 수업 장비들의 배치를 바꾼다고 힘 좀 썼더니 벌써 졸음이 몰려옵니다.

온라인 수업을 시작할 때 큰 힘이 되어준 시였어요.

시작한다는 것은 된다는 것을 믿는 것이다… 라는 시인의 말에 용기가 생기고 나의 길로 만들어가리라 다짐했고, 지치고 힘들 때 읽어보며 마음을 다잡곤 하지요.

교생쌤에게도 그랬으면 하는 마음입니다. 시작하는 것이 있다면 여러분에게도요. ^^

나에게 주는
선물

오늘은 오후 커피 마셔볼까요?
스스로에게 커피를 권하며
오늘도 수고했어, 라고 칭찬해주어요.

한 주 열심히 살았지만 마음만큼 안 된 것도 있지만
그래서 속상하고 서운한 마음, 조급한 마음도 있지만

왜 그랬어? 라는 자책 금지
왜 나한테 그래요? 라는 원망 금지

한 주 동안 잘 지내 왔다고
이제 오늘만
지나면 즐거운 주말이라고
나에게 커피 한 잔 권해보자
- 〈금요일 커피, 윤보영〉 중에서

잠시 커피를 마시며
금요일인 오늘은
토닥토닥 위로해주고
고생했다, 기특하다 칭찬만 해주기로 해요.
또 잘 살아가려 노력할 우리잖아요.
이러다 여배우 샘정, 드디어 커피 광고 찍는 거 아님???
모르지요. 말이 씨가 될 테니 말이에요.
그러니 말해주기로 해요. 무한한 가능성을 열어두고 스스로에게 잘하고 있고, 잘할 거라고, 고맙다고.
나에게 커피 한잔의 여유를 선물해주기로 해요.

저울질도
내 맘대로

온라인 개학도 낯설기만 하더니 격일제 등교 개학은 더 낯설고 두려움이 큽니다. 제대로 할 수 있을까? 내가 하고자 하는 일들이 정말 아이들에게 필요하고 옳은 일일까? 교사로서 나는 제대로 가고 있는 것일까? 수많은 질문을 하지만 선뜻 답을 할 수 없는 상황이 솔직한 현실.

지쳐 퇴근할 때는 불행이라는 단어가 고개를 드는 것 같더니… 남편과 동네 삼겹살집에서 좀처럼 하지 않는 맥주도 한잔 하고, 중년 부부 '신문물 익혀보자'며 새로 생긴 무인 아이스크림 가게에 갔어요. 스캐너에 바코드 찍는 재미

에 아이스크림을 과다쇼핑하며 키득키득 웃다 보니 행복
이라는 단어가 고개를 주욱 빼며 올라오네요.

> 불행의 무게를 잴 때는
> 눈물만 올려놓을 것
> 저울이 망가질 수도 있으니
> 절대로 온몸으로 올라서지 말 것
> - 〈인생의 무게를 재는 법, 양광모〉 중에서

　불행의 무게를 잴 때는 온몸으로 올라서지 말고, 불행의
무게를 잴 때 행복의 무게도 함께 재라고, 행복의 무게를
잴 때는 저울 위에 살짝 올라서도 좋다는 시인.

　맞아요. 저울에 무엇을 올리고 무게를 잴 건지는 내 자
유니까요, 그죠?

　시인님, 땡큐땡큐여요. 샘정은 과체중이니 저울에 살짝
말고 쿵, 하고 온몸으로 올라서면 행복의 무게가 슈욱 올
라가겠어요.

　샘정이 큰 힘을 얻은 시라 여러분들과도 나눕니다. 좋은
밤 되셔요. 내일은 내일의 해가 뜰 거라 믿으면서….

아무도
못나지 않아요

두드림반(Do Dream) 수업이 있는 날입니다. 예전 표현으로 직설적으로는 부진아반이라 할 수 있지요.

두드림반 수업이 있는 날은 전날부터 가슴 한가운데에 돌덩이 하나가 들어 있는 듯 묵직한 통증을 느낍니다.

누군가 이런 이야기를 했어요.

난 노래를 정말 못해요. 완전 음치예요. 아무리 연습해도 노래를 잘할 수가 없어요. 난 그저 이렇게 노래 못하며 살래요, 라는 말은 부끄러워하지 않고 말해도 되고, 듣는 사람도 그것 때문에 그 사람을 무시하지 않는 것처럼…

난 공부를 못해요. 정말 못해요. 아무리 열심히 해도 모르겠어요, 라는 말도 해도 되어야 하는 거 아니냐고.

공부를 못하는 게 그 아이의 게으름 때문만은 아닐 수 있지 않을까요. '니가 조금만 더 노력한다면' 으로 해결될 문제가 아닐 수도 있지 않을까요.

우린 모두 못난 구석이 다 있는데 왜 유독 공부만은 절대 못나면 안 된다고 할까요.

> 못나고 흠집 난 사과만 두세 광주리 담아 놓고
> 그 사과만큼이나 못난 아낙네는 난전에 앉아 있다
> 지나가던 못난 지게꾼은 잠시 머뭇거리다
> 주머니 속에서 꼬깃꼬깃한 천 원 한 장 꺼낸다
> 파는 장사치도 팔리는 사과도 사는 손님도
> 모두 똑같이 못나서 실은 아무도 못나지 않았다
> - 〈못난 사과, 조향미〉

시인의 표현처럼 모두 못난 구석이 있는 우리라서 실은 아무도 못나지 않은 우리들이라 믿습니다.

소중한 너
다치지 않기를

학교에 오지 않는 아이. 신학기가 되었지만 한 번도 얼굴을 보지 못한 채 기다리고 있었던 아이.

연락이라도 닿아야 어떤 사정인지 이야기라도 들어볼 텐데, 무엇이 아이를 그렇게 힘들게 하는지를 알아야 도움을 줄 방법이라도 찾을 텐데, 그냥 막연히 기다리고만 있을 수가 없어 집으로 찾아갔지만 집에도 들어오지 않는다고 하더군요.

매일 문자를 보냈어요. 어느 날에는 조미하 시인의 시 〈소중한 너〉를 보냈어요.

사소한 모든 걸 가슴에 담아
상처받고 절망하며
시간을 낭비하며 살지 않기를

착하고 여린 그 마음에
송곳처럼 박히는 아픔도
훌훌 털고 일어나기를

그런데 아이에게 연락이 왔어요. 내가 어떤 모습인 줄
알고 이런 시를 보냈느냐고. 아이가 처음으로 반응(?)한
시입니다. 다 보인다고, 다 느껴진다고 뻥을 쳤습니다. 다
행히 나를 만나준 아이는 이렇게 말하더군요.

그 말이 순 개뻥이라는 거 알면서도 믿고 싶었다고, 지푸
라기라도 잡고 싶은 심정이었다고.

이젠 그 시간을 추억하며 웃을 수 있는 우리이기에 고맙
고 고맙고 고맙습니다.

그대에게도 전합니다.

소중한 너 다치지 않기를 바란다고.

좋은 사람이
되어주길

스승의 날이라고 편지 선물을 준 2학년 9반 청춘 CEO
들.

고등학교 2학년 남학생들의 손글씨 편지가 주는 감동이
라니요. 너무 행복했어요.

특별히 이 아이들의 편지가 크게 다가온 이유가 있어요.
우리 반 아이의 엄마가 나의 제자였다는 거.

모자(母子)의 선생님이 된 셈정입니다. 엄마의 선생님이
기도 했던, 할머니처럼 느껴질 나이 많은 선생님에게 쓰는
편지. 아이의 기분이 어땠을까 생각하니 나도 모르게 입가
에 미소가 번지더군요.

편지 선물 너무 고맙구나!

많이 이쁘게, 웃으며, 스스로를 위해, 다른 사람을 위해,
세상을 위해 무엇인가를 하는 멋진 삶을 살기를 응원한다!

좋은 세상을 만드는 좋은 사람이 되어주렴.

아이들뿐만 아니라 우리도 그렇게 살아요.

너처럼 예쁜 세상

네가 웃고 있는 세상은

얼마나 좋은 세상이겠니!

- 〈사랑, 나태주〉 중에서

칭찬은 고래 말고
나에게 하기로 해요

한 주도 정점을 찍고 후반부로 가고 있는 목요일.

9월도 막바지를 향해 가고 있는 26일.

그러고 보니 벌써 9월도 다 갔네…

서~~~어~~~어얼마~~ 그동안 뭐했지…

뭐하고 살았지…

하며 스스로를 나무라거나 자책하기 없기에요.

일상을 잘 사는 게 소중해요. 하루하루를 잘 살아내려
노력하고 있는 우리잖아요. 남들은 몰라도 나는 알잖아요.
내 수고로움을. 나는 나를 칭찬해주기로 해요.

칭찬할 게 없다고요?
시인에게서 힌트를 얻어보기로 해요.

> 오늘도 흰 구름을 나는
> 흰 구름이 아니라고 억지로
> 우기지 않았음
> - 〈내가 나를 칭찬함, 나태주〉 중에서

흰 구름을 흰 구름이 아니라고 억지로 우기지 않았음을 칭찬한다잖아요.

시인은 또 어떤 것을 칭찬했을까? 궁금해진다면 바로 칭찬 들어가기로 해요. 호기심이 있는 나를 칭찬해, 라고 말이에요.

두 손으로 나를 토닥토닥해주어요. 잘하고 있어, 고마워, 나를 사랑해… 라고 말해주기로 해요.

오늘의 숙제 나갑니다.

'나' 칭찬해주기.

뭘 칭찬하느냐고요?

뭐든지요~.

Go Now~!

존 카니 감독은 영화 〈원스〉, 〈비긴 어게인〉으로 잘 알려진 감독이지요. 샘정은 음악도 무지 좋아하고 영화도 너무 좋아하는지라, 이 영화들처럼 일명 음악 영화에 열광을 합니다. 그러니 존 카니 감독의 〈싱 스트리트〉 개봉 소식에 설렐 수밖에 없었는데, 이 영화는 혼자, 몰입하며, 즐기며 보고 싶어 미루다가 어제서야 보게 됐어요.

영화의 여운이 너무도 컸답니다. 알죠? 내가 엄청 오지랖 넓은 아줌마인 거. 극히 주관적이지만 앞의 두 편보다 좋았어요.

열다섯 남자 아이들의 밴드 음악이 주는, 학교에서 쓸모 없는, 가정에서는 사랑 받지 못하는 아이들이 보여주는 아 픔과 성장, 치유, 그리고 주인공이 스스로를 표현하는 '미 래파' 라는 단어에 담겨 있는 희망.

자신에게 상처 준 아이를 밴드의 경호원으로 영입(?)하 면서 학교에서는 쓸모없지만, 쓸모있는 사람으로 만들어 주는 장면에서 뜨겁게 울컥했어요.

십대 이야기지만 모두가 보았으면 합니다. 어느 나이든 '어떻게 살까'와 '지금'의 중요성은 비슷할 테니까요.

좋은 음악을 들을 땐
너도 나도 말이 필요 없지
- 〈음악의 향기, 이해인〉 중에서

훨씬 오래전 영화이지만 〈온 디 에지〉도 강추강추입니 다. 〈싱 스트리트〉처럼 성장 영화이며 배경 역시 감독의 고향인 아일랜드인 공통점이 있는데 진짜 긴 여운과 감동 을 준 영화였어요.

존 카니 감독은 음악이 가지고 있는 힘을 에너지를 알고 있기에 이런 영화들을 만들 수 있나 봐요.

마지막 곡 〈Go now〉는 정말 대박이에요. 이 영화의 주제라 할 수 있을 듯한 이 가사가 준 울림이란.

"지금 가지 않으면 절대 못 가니까.
지금 알아내지 못하면 절대 모를 테니까."

아, 〈싱 스트리트〉는 꼭 마지막까지, 마지막 자막이 올라갈 때까지 보셔요. 꼬옥~~.

지금이 너무
불행하지 않기를

비가 오면 어쩌나 걱정했는데 다행히 흐리기만 합니다.

아이들은 식물의 구조 다큐 제작을 위해 스마트폰을 들고 야외 수업 중입니다.

오늘 아이들은 다큐 제작 PD가 되었어요. 세 시간 사전 준비를 해서 오늘 드디어 카메라를 들고 과학실을 나섰어요. 교정 이곳저곳을 다니며 자신의 계획서에 맞는 촬영장면을 찾고 연출하느라 분주합니다.

얼마 전 라디오 앵커가 되어 세포 뉴스를 만들면서 녹음 파일을 제작해본 경험이 있는데도 촬영과 나레이션을 함께해야 하는 작업이라 그런지 촬영하고 돌려보고 다시 촬영하고 반복하는 중입니다. 귀여운 중1 소녀들입니다.

> 수학 시험 볼 땐데요
> 아는 게 하나도 없는 거예요
> 아, 짱나
>
> 배 둘레만 알면 됐지
> 도형의 둘레랑 나랑
> 뭔 상관?
> - 〈비 오는 날, 김수열〉 중에서

　수학 시험을 치며 시를 쓴 아이처럼 안타까운 마음은 아니었으면 하는 마음에서, 비록 과학 지식은 많지 않아도 시험지에는 비가 내려도 과학 시간을 통해 자신이 무얼 잘하는지, 무엇을 할 때 즐거운지는 알아갔으면 하는 마음입니다. 자신을 사랑하는 사람이기를 바라는 마음입니다.

　과학 시간인데 수업 중에 시를 떠올리고 소리 내어 읽어보며 딴짓하는 1인은 과학쌤뿐입니다.

좋은 일을 만들어요

새벽 5시에 눈이 떠진 일요일. 커피를 내리는데 까치 소리가 들려왔어요.

소리에 민감하고 다양한 소리 녹음하는 것을 좋아하는지라 까치 소리 녹음에 열을 올리며 한참을 보냈습니다.

까치는 날아가버렸는지 잠잠하지만, 향기로운 커피를 마시며 녹음된 까치 소리를 다시 들어보니 혼자 큰 미소가 저절로 지어지더군요. 사실 늦잠 자고 싶은 일요일에 너무 일찍 일어나 살짝 성이 나 있었거든요. 그런데 묘하게 어울린다 싶은 커피 향기와 까치 소리에 취한 일요일 아침.

이 시를 읽지 않을 수가 없습니다.

커피 향기가 입안에서 긴 여운으로 남아 있는 이 아침은
어제는 어려웠지만 내일은 반드시 좋은 날이 오는
행복한 오늘의 시작입니다.
- 〈커피 향으로 행복한 아침, 오광수〉 중에서

내일은 반드시 좋은 날이 올 거라는 시인의 예언에 나도
뭔가 보태고 싶은 마음에, 시와 함께 녹음한 까치 소리를
나누었어요. 그러면서 깨달았습니다. 내일이 아닌 오늘이
이미 좋은 날이라는 것을.

긍정도
조금씩

긍정이라는 단어가 가끔은 질리고 식상할 때가 있어요.

나만 그런가요?

긍적적으로 생각하고 긍정의 말을 하라. 누가 모르나?

그런데 그래서 뭐? 이런 삐딱한 생각이 들 때가 있거든요.

요즘 그래요. 그래서 일부러 찾아 읽은 시입니다.

> 어느 날 나는 왜 이럴까 싶어
>
> 깊은 수렁으로 던져지지만
>
> 그 속에서 우린 인생을 배우지 않는가.
>
> - 〈긍정의 힘, 조미하〉 중에서

요즘 나 왜 이러지…

하는 일은 원하는 만큼 풀리지 않고, 마음은 계속 조급해지고, 자꾸 이런 생각이 들어서 그랬나 봅니다.

시인이 말해주는 것 같아요.

그래도 괜찮다고, 다들 그럴 때가 있다고, 나도 그랬다고, 그 속에서 인생을 배우는 거라고.

한꺼번에 벌떡 일어서지 않고 조금씩 채워가며 일으켜 세워도 된다는 말에 응원을 받습니다.

내가 받은 이 응원을 여러분에게 전합니다.

생각의 힘을
믿어보세요

2020년 4월 16일, 온라인 개학을 하고 온라인으로 수업을 시작했어요. 금방 끝날 것 같았던 상황은 한 달 이상 지속되었고 그 사이 계절이 바뀌었고 해가 바뀌었습니다. 살다가 '4월은 잔인한 달'이라는 말을 이렇게 실감하기는 처음인 거 같아요.

코로나19는 우리의 일상을 너무 많이 바꾸어놓았고, 우리 모두를 온라인 개학과 수업이라는 길 앞에 세워두었어요. 그 길을 지나오면서 수많은 선택을 해야 했지요.

스스로에게 가장 많이 한 말이 이 말이었어요.

괜찮아 괜찮아.

선택을 했기에 마주한 문제들, 그로 인해 힘들기도 했지만 그 시간을 통해 그동안 알지 못했던 나에 대해 알게 되는 시간이기도 했기에, 이 선택이 아니었으면 알지 못했을 나를 알게 되는 시간이었음에 감사하는 마음입니다.

여러분들과도 함께하고 싶은 말입니다.

괜찮아 괜찮아….

책상은
무슨 잘못했나
의자를 들고
벌을 서지

아니지
벌을 서는 게 아니지
- 〈청소 시간이 되면, 김용삼〉 중에서

책상은 의자를 들고 벌을 서는 게 아니라 의자를 앉혀주고 있다는 생각. 생각이라는 게 참 무섭죠?

책상 위에 얹힌 의자를 보는 두 시각의 차이. 같은 현실을 어떻게 받아들이는가에 따라 벌서고 고됨이 되기도 하고 의자를 위한 따뜻한 마음이 되기도 하니 말이에요.

까치가 울면 좋은 일이 있을 거라 생각을 합니다. 좋은 일이 있을 거라는 기대가 있으니 작은 일에도 즐겁고 고마운 마음이 들 거예요. 늘 그대로인 일도 오늘은 더 잘 풀리는 것 같고요.
그런데 까마귀 소리가 들려오면요?
불길한 일이 있을 거라는 생각이 들지요.

고구려 벽화에 나오는 다리가 세 개 달린 까마귀인 삼족오는 왕권을 상징합니다. 신라의 '연오랑 세오녀'의 이야기에도 모두 까마귀 오(鳥)자를 쓰지요. 조선시대 때에도 까마귀는 부모를 봉양한다 하여 효의 상징으로 반포조(反哺鳥)라 불렀다지요. 이런 까마귀가 정말 불길한 소식을 전해주는 새일까요? 흉조로 불린 이유는 여러 설이 있고 정확하지 않지만 결국 사람들의 생각이 만들어낸 결과일 겁니다.

까치가 울면 좋은 일을 기대하세요. 까마귀가 울면 역시 좋은 일이 생길 거라 생각하세요. 삶에 징크스를 만들지 말았으면 해요. 생각이 얼마나 큰 힘을 가지고 있는지는 알고 있을 거라 생각해요. 생각의 방향이 얼마나 큰 힘을 발휘하는지도요. 생각이 세상을 바꿀 수도 있답니다.

내 삶의 열쇠를
갖게 되는 날

내일부터 중간고사를 치는 아이들에게 시를 한 편 전해주었어요. 1학년 때 자유학년제였다니 중학교 들어와서 중간고사는 처음이네요. 코로나19로 인해 온라인 수업만 하다가 치게 되는 첫 시험.

'저는 아이들은 꽃이라고 비유합니다. 저마다 피는 시기가 다르다는 의미지요'로 시작하는 긴(?) 문자를 학부모님들께 보냈습니다.

나에게도

자물쇠가 철컥 열리는 순간 같은

그런 때가 있어요

그러니 기다려 주세요

- 〈자물쇠가 철컥 열리는 순간, 조재도〉 중에서

이 시를 읽으면서 생각했어요.

아, 맞아… 갑자기 자물쇠가 철컥, 하고 열리는 것 같은 그런 순간, 나도 알아.

아무리 아등바등해도 넘지 못하던 벽을 어느 순간 훌쩍 뛰어넘게 된 그런 때. 그걸 알면서 나도 나를 너무 재촉하고 있는 건 아닐까. 그래서 결심했어요. 나도 나를 조금 더 기다려 주어야겠다고.

앗, "니 나이가 얼만데 뭘 더 기다린다 말이고?"

갑자기 윤스퐁의 목소리가… 이 무슨 환청일까요?

이럴 때는 무시하고 내쪼대로 사는 것이 답이라 생각하는 샘정입니다.

아마도 곧 자물쇠가 철컥, 하고 열릴 거라 믿으면서.

그대를 조금 더
특별하게

　"단톡방을 만들어 올리면 될 텐데 왜 이렇게 번거롭게
한 명 한 명에게 따로 보내세요?"

　어제 처음 인연을 맺은 사람에게 시 나눔을 했더니 이럽
니다.

　단톡방을 만들고 한 번만 올리면 되는 일을 굳이 몇백 명
에게 따로 보내는 번거로운 일을 하느냐고.

　그 대답을 대신 해준 사람이 있어요.

　"샘정은 이 문자를 많은 사람들에게 보내겠지만 이렇게
개인 톡으로 받으니 마치 나에게만 보내는 것 같아서, 내
가 조금은 특별한 사람이 된 것 같아 기분이 좋아요."

코로나19로 인해 3월이 되어도 휴교인 상황에서 아이들과 연락을 취할 방법은 전화와 문자.

일일이 아이들에게 따로 문자를 보내니 몇 명의 아이들이 우리 반은 단톡방을 만들지 않느냐고 묻더군요. 담임 샘정의 대답은 이랬습니다.

"단톡방 개설에 관한 문의가 있어 모두에게 답합니다. 현재 단톡방 개설 계획은 없습니다. 카톡을 하지 않는 친구도 있고(내가 카톡을 한다고 해서 모두가 당연히 할 거라는 생각은 편견이겠지요) 현재는 문자로도 충분하다고 생각합니다."

내가 하고 있기 때문에 다른 사람들도 당연히 할 거라는 생각.

아이들은 또 묻습니다.

"그럼 카톡 되는 사람들만 단톡하면 되잖아요?"

담임으로서 생각이 많아지더군요.

휴대폰 자체가 없어 부모님을 통해 연락을 주고받는 경우도 있고, 모두가 스마트폰을 가지고 있는 것도 아니고 요금제에 따라 상황이 다르기도 하고요. 스스로가 단톡방

참여를 거부하는 아이도 있어, 개인의 의사를 존중해주어야 하고요. 이런 경우 가능한 사람들과 단톡방을 만들고 나머지 아이들과는 개별로 연락을 할 수도 있지만 나는 단톡방을 개설하지 않는 것을 선택했어요.

단톡방에 참여하는 아이들과 그렇지 않은 아이들.

아이들은 단톡방을 통해 제대로 상황을 알지 못한 채, 나름의 기준으로, 단톡방에 들어오지 않는 같은 반 친구에 대해 쉽게 판단해버릴 수도 있다는 생각에서입니다. 한 번에 빨리, 쉽게 할 수 있는 것도 중요하지만 그 과정에서 놓치는 것들도 있을 거라는 생각에.

빨리 일어나고
빨리 밥 먹고
빨리 학교에 갔다.
그러나 수업은 빨리 시작하지 않았다.
- 〈빨리, 이옥용〉 중에서

아이들도 일괄적인 전달 사항을 자신의 이름을 붙여 보내주는 담임의 개별 문자가 싫지는 않은 듯했어요.

우리 반 모두가 단톡방을 사용할 수 있는 상황이 될 때까지 그후로도 오랫동안 단톡방 없이 지냈어요. 모두가 가능한 상황에서는 단톡방을 사용했고요. 그런데 3학년으로 올라간 후에도, 단톡방을 나가라는 담임의 부탁에도 5반 단톡방을 나가지 않는 아이들. 너무 많은 추억이 있는 2학년 5반이라, 3학년이 되었지만 2학년 5반이 단톡방으로라도 남아 있기를 바라는 마음에서 나가지 말자고 약속을 했다는 아이들. 정말 감동의 도가니였답니다.

2020년, 코로나19로 인해 휴교, 온라인 등교, 격일제 등교, 가림막이 있는 책상에서 하루 종일 마스크를 끼고 수업을 하고, 친구들과 손을 잡을 수도, 팔짱을 낄 수도 없는, 거리두기를 하라며 쉬는 시간, 점심시간까지 지키고 서서 잔소리하는 선생님들 등등.
모두가 처음이었던 상황들을 함께했기에, 너무도 특별한 추억을 공유한 우리 2학년 5반이었기에 아이들의 마음에도 그 시간들이 조금 다르지 않았을까 합니다.

온라인 개학을 하면서 왕관을 쓴 이유도, 먼 훗날 아이들이 이 시간을 회상할 때 코로나19로 인해 힘들었던 일들만 떠올리지 않았으면 하는 마음에서였어요. 좋았던 일, 웃었던 일도 있었다는 걸 떠올려주기를 바라는 마음에서요.

아이들 마음에서 나빴던 기억들은 빨리, 따뜻하고 좋았던 기억들은 오래오래 남기를 바라는 욕심을 부려보는 담임입니다.

날아라
그대

버스야 아무데로나 가거라.

꽃다발을 든 사람이 두 사람이나 된다.

그러니 아무데로나 가거라.

- 〈날아라 버스야, 정현종〉 중에서

너무 예쁘고 신나는 시에요, 그쵸?

토요일 조조 영화 보러 오는 길에 탄 버스.

앗, 이건 완전히 자가용.

타고 내리는 사람이 거의 없어 '날다시피' 달리는 버스.

날아라~~~버스야~~~

그러면서 떠 올린 시 한 편.

　버스안에 꽃을 든 사람이 둘이나 있음에 날아서 아무데나 가자는 시인의 감성에 새삼 감동해봅니다. 집에 돌아가는 길에는 나도 꽃을 들고 버스를 타봐야겠어요.

　일주일의 지친 일상을 날려버리고, 가볍고 봄꽃 같은 주말 되셔요.

PART 004

삶의 방향을
찾지 못하고
있나요?

1월은
서두르지 않는 달

한 해가 시작되는 1월이면 계획도 많고 설렘도 많아집니다. 어떻게 살 것인가를 생각하면서 해야 할 일도 많고 하고 싶은 것들도 어찌 그리 많은지요.

매년 올해는 다르리라 기대하고, 진짜 계획한 모든 것들을 지키고 실천하리라 다짐을 하건만 너무 많은 계획들과 너무 굳은 다짐에 짓눌렸던 기억들이 있습니다. 그럼에도 불구하고 올해도 다르지 않네요.

작년 수업 자료들 보면서 수정 보완할 것들을 정리해야 하고, 1년 동안의 아이들 시험 결과도 분석해야 하고, 온라인 수업 콘텐츠도 만들어야 하고, 블로그 이웃 방문도 좀

활성화시켜야 하는데, 읽어야 할 책들도 산더미고, 인스타도 팔로워 1000명 넘는 게 중요하다고 한 것 같은데, 방치된 유튜브는 어쩔꺼???? 지난번 유튜브 강연 영상 오면 편집해서 올려야 할 텐데. 새 책 원고도 써야 하고, 카카오톡 이모티콘에도 도전해야 하고, 건강 검진에서 비만 판정 받은 몸은??? 1월은 신청자가 많아 토, 일 모두 하기로 한 새벽 6시 줌 강연들 등등등.

그래서 《꿈틀꿈틀 오늘도 자유형으로 살아갑니다》 책을 읽으며 1월을 어떻게 살까 생각해보았어요. 시인의 응원도 받았네요.

각오만 해 놓고 시간만 흘러보낸다고 걱정하지 말아요
올해도 작심삼일,
벌써 끝이 보인다고 실망하지 말아요
- 〈1월에는, 목필균〉 중에서

1월에는, 아직 열한 달이나 남아 있고 아주 많은 여유가 있으니 서두르지 않는 달이었으면 해요.

금을 쥐고 있어서
손금

오토바이 절도를 일삼던 소년이 있었습니다.

함께 서점에 가서 오토바이 전문 잡지를 보면서 아이에게 꼭 가지고 싶은 오토바이가 어떤 것인지 물었더니 아이 손은 천만원이 넘는 것에 멈추었습니다. 그걸로 사자고 했더니 소년이 말했습니다.

"돈 한 푼 없는데 뭘로 사요."

"지금부터 벌어서 사면 되지."

"훔치는 게 빠른데요?"

"물론 훔치는 것이 빠르지. 하지만 훔친 오토바이는 네 것이 될 수 없잖아. 며칠간은 몰래 타고 다닐 수 있겠지.

그 다음에는?"

"그건 모르겠고…."

"모르지 않지. 지금까지 그래왔던 일들의 결과가 어떤 것인지는 누구보다 네가 더 잘 알아. 이번에는 진짜 너의 오토바이를 사는 거야. 물론 시간이 많이 걸릴 수 있어. 하지만 네가 진심으로 그걸 원한다면 그걸 가질 수 있는 길을 찾는 거야."

"어머니, 손금은
왜 이리 어지럽게
여러 갈래로 나 있는 걸까요?"
- 〈손금을 보면서, 서정홍〉 중에서

아이는 떠났던 학교로 돌아왔고, 2년 후 중소기업 사원이 되었습니다. 이십대 후반의 청년이 된 그는 자신이 원하는 오토바이를 사기 위해 또 한 번의 계획을 세우고 있습니다.

아직 꿈을 이루지 못했느냐고요?

그는 군대 가기 전에 부모님께 자가용을 사드렸습니다.

두 분 모두 장애인이라 외출이 쉽지 않았기에 자신의 꿈이
었던 오토바이 대신 부모님이 타고 다닐 자가용을 산 것이
지요. 그리고 지금 다시 오토바이라는 자신의 꿈을 꾸고
있습니다.

그가 선택해서 가고 있는 길이 아름답지 않습니까?

삶에는 참으로 많은 길들이 있습니다.
그대는 어떤 길을 선택하고, 가고 있나요?

삶을 디자인하는
녀자

팥알만 한 속으로도
바다를 이해하고 사셨으니

자, 인사드려야지

이 분이
우리 선생님이셔!
- 〈밴댕이, 함민복〉

"밴댕이 소갈머리하고는…."
누군가를 향해 이 말을 하기도, 또 누군가에게서 이 말을 듣기도 한 경험 있죠?

시인의 말을 받들어 오늘부터는 밴댕이를 우리의 선생님으로 모셔볼까요? 단, 전제가 있네요.

'바다를 이해하고 사셨으니'

어이쿠나, 이건 너무 어렵다 그죠?

그런데 잘 생각해보면 밴댕이는 왜 바다를 이해했을까… 팥알만 한 그 작은 속으로.

결국 밴댕이 자신을 위해서가 아니었나 생각해봅니다.

어제 블로그에 샘정이 제일 잘하는 요리가 무엇인가에 관한 글을 썼어요. '요리는 권력이야'라는 슬로건 아래 권력을 맘껏 휘두르는 맛에 취해 요리하는 것을 좋아하는 샘정인데, 가장 잘하는 요리는????? 바로오~~~

우리는 누구를 가장 잘 요리해야 할까요?

우리 자신이라고 생각합니다.

밴댕이가 팥알만 한 속으로 바다를 이해한 건, 바다를 위해서가 아니라 그 바다에서, 바다와 더불어 살아가는 자신을 위해서였듯이 우리도 다른 사람을 잘 요리하려 하기 이

전에 스스로를 잘 요리하는 것이 필요하다는 생각이에요.
샘정의 닉네임 중 '삶을 디자인하는 녀자'라는 게 있어요.
내 삶을 잘 조율하며 내가 원하는 것으로 멋지게 디자인하
며 살아가고 싶은 마음에 스스로 만든 닉네임이랍니다. 요
리든 디자인이든, 언제나 출발도 나 자신이고, 그 중심에
도 나 자신이 있었으면 하는 바람입니다.

　오늘 우리의 삶을 맛나게 요리하고, 멋지게 디자인해볼
까요?

　내 인생의 요리사도 나, 내 인생의 디자이너도 나 자신이
니까요.

향기로운 사람이 되어볼까요

대구에서 전남 화순까지 가는 마누라를 보며 남편은 말합니다.

"이렇게 멀리 뭐하러 가노?"

요즘은 한 마디 더 합니다.

"적은 나이가 아니란 걸 알아야지."

얼마 전 정기검진차 병원에 갔다가 증세를 말할 때마다 연달아 들은 말, "늙어서 그렇습니다."

늙은 거 말고는 너무 건강하다니 다행인 거 맞죠?

이 먼 길을 왜 왔을까요?

향기를 나누기 위해서라 생각해요. 진하고 향기롭기만 한 건 아니지만 내가 가진 향기를 나누고 싶은 마음, 누군가는 위로를 누군가는 응원을 받았으면 하는 마음.

할아버지, 사람에게도 향기가 나요?
그럼, 저 난처럼 깨끗하게 살면
향기가 나지.
내가 크면 사람 향내가 날까?
- 〈사람의 향기, 하청호〉 중에서

누구에게나 그 사람만의 향기가 있잖아요. 오늘 만났던 선생님들도 자신들의 향기를 나누며 살게 될 거라 믿어요. 난이 피어 향기를 뿜어내듯 우리도 태어나 살아가면서 자신만의 향기를 뿜으며 살고 있다 생각해요. 그 누구와도 비교할 필요가 없는 자신만의 향기.

여러분들도 모두 향기로운, 아름다운 사람들이에요.

아름다운 분들~ 좋은 향기 뿜으며 좋은 날 되셔요.

재미있는 일을
나누며 사는 삶

내 생애 가장 많은 문자와 함께 시작하는 아주 특별한 아침입니다.

말랑말랑학교 개교 기념을 축하한다는 동창생들의 고마운 마음. 감동 감동입니다.

드디어 첫 개교기념일을 맞은 말랑말랑학교.

대구반을 시작으로 어제 만난 포항반까지 전국 곳곳에서 만난 동창생들과 비록 직접 만나지는 못했지만 샘정과 따뜻한 동행중인 수많은 동창생들. 고맙고 고맙고 고맙습니다.

꿈틀꿈틀
오늘도 자유형으로 살아갑니다.

대의만이 명분인가요

장엄해야 위대한가요

힘만 세다고 이길 수 있나요

저마다의 하늘을 열고

저마다의 의미를 갖는

그 어떤 삶도 나름의 철학이 있는 걸요

- 〈7월에 꿈꾸는 사랑, 이채〉 중에서

자축 파티 해야겠죠?

지금, 우리가 있는 바로 이곳이 파티장이에요. 그대가
있는 그곳에서 제대로 즐겨주어요.

오늘 파티의 드레스코드는 재벌가의 파티답게 '무일푼
이지만 즐기고 나누기' 입니다.

돈 쓰는 파티는 재벌가답지 않으니 무일푼이라는 파티
룰은 꼭 지켜주어요.

파티는 이렇게 진행됩니다. 드레스코드 갖추고 입장~~~

1. 우리 모두 셀카요정. 나는 나를 예뻐하는 마음으로 셀
   카 타임 즐겨주어요. 파뤼파뤼~~~

2. 뒷담화 즐기기. 신나게 뒷담화하며 파뤼파뤼~~~ 말 랑말랑학교는 뒷담화 권장 학교. 최고의 뒷담화인 '책 뒷담화' 제대로 즐겨주어요. 그 어떤 책도 좋아요. 제 대로 씹어보아요.

3. 자축 선물 타임. 나눔은 최고의 선물이지요. 받는 사 람도 기쁘고 주는 사람은 행복한, 따블이 되는 선물. 주변을 둘러보아요. 좋아하는 시 한편, 노래 한 곡 선 물해주고픈 사람, 응원과 격려의 말이, 토닥토닥 위로 가 필요한 사람이 있을 거예요. 먼저 손을 내미는 우리 가 되어보아요.

어때요? 재벌가의 파티답죠?
무일푼이지만 충분히 즐기고 나눌 수 있죠?
얼마나 제대로 즐기느냐는 그대의 몫이어요. 파뤼파뤼~
말랑말랑학교 개교기념일 파티… 찐하게 즐겨주세요~
우리의 즐거움이 모여 저 하늘에 닿도록 파뤼파뤼~~~
따뜻한 동행을 해보아요, 우리 함께.
파티 영상 보고는 "샘정답다"는 말에 폭풍 감동하며 '재미' 있는 일들을, 함께 '나누며' 즐거이 살아보고자 합니다.

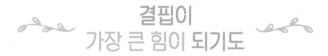

결핍이
가장 큰 힘이 되기도

　오늘이 2020년 대면 수업 마지막날입니다. 다음 주 방학식을 비롯하여 내년 3월 신학기가 되기 전까지 모든 학사 일정이 온라인으로 진행됩니다.

　급식실에서 말고는 마스크 없는 얼굴로 단 한번도 마주하지 못한 담임과 열다섯 소녀들. 그 아이들과의 1년은 특별했고, 정말 힘들었지만 감사함의 연속이었습니다.

　고맙고 예쁜 우리 2학년 5반의 얼굴 보며 하는 마지막 종례를 위해 준비한 시를 나눕니다.

학교에서 받은 우유를 꺼내려 가방을 여는데

아직 온기가 식지 않은 종이봉투에

붕어가 다섯 마리

내 열여섯 세상에

가장 따뜻했던 저녁

- 〈세상에서 가장 따뜻했던 저녁, 복효근〉 중에서

붕어빵을 친구 가방에 넣어주어 세상에서 가장 따뜻한 저녁을 선물해준 열여섯 선재,

선재의 선물을 시로 만들어 우리에게 이렇게 따뜻한 감동을 선물해주는 시인.

'선물'이라는 단어와 함께 '결핍'이라는 단어를 떠올립니다. 원하는 모든 것을 얻는 것만이 선물이 아니라는 것을. 시인은 결핍을 통해 가장 따뜻한 저녁을 경험할 수 있었고, 그 추억을 우리들에게 이토록 뭉클한 시로 선물을 할 수 있지 않았나 생각합니다.

크고 비싸고 화려한 선물이 아니어도 우리의 오늘 저녁을, 세상에서 가장 따뜻한 저녁을 만들어보기로 해요.

메리 크리스마스입니다. ^^

우리는 서로에게
옥장판

샘정은 닉네임이 참 많습니다. 그 중 하나가 '옥장판.'

나의 책을 읽고, 강연을 듣고, 1:1 상담을 하면서 만난 사람들의 가족들이 이런다고 해요.

"그 사람이 너에게 이유 없이 잘해줄 리 없다. 그러다가 언젠가는 옥장판 하나 사라고 내밀지 모르니 조심해야 한다. 세상에 공짜는 없다. 다 꿍꿍이가 있을 테니 조심해라."

사람 마음 비슷하여 많은 분들이 그러신대요. 그리하여 얻은 닉네임이 옥구슬 아닌 옥장판. 목소리로는 옥구슬이 딱인데.

어떤 경우에는

내가 어느 한 사람에게

세상 전부가 될 때가 있다

- 〈어떤 경우, 이문재〉 중에서

삶의 풍파(?)가 많았기에, 30년 넘게 학교에 있으면서 힘
들어하는 아이들을 많이 만났기에, 누군가 도움이 필요하
다면 몸과 마음이 동시에 움직이는 오지랖 열바가지가 되
었습니다.

육아서였던 《기다리는 부모가 아이를 변화시킨다》가 나
오고 근 20년. 그동안 16권의 책의 독자들과 함께 해오면
서 얻은 옥장판이라는 감사한 닉네임.

앗, 그런데 여배우 샘정의 스폰서인 윤스퐁의 입에서도
같은 소리가 나옵니다.

"사람들이 니가 뭐라고 이렇게까지 해주노? 조심해라.
니가 감당 못할꺼를 부탁하면 우얄래?"

말랑말랑학교 동창생들이 샘정에게 해주는 많은 것들은
충분히 그런 걱정을 하게 한다는 생각에 공감 백배입니다.

"사는 게 남는 장사더이다. 준 건 아주 작은데 이렇게 큰 걸 받으니 역시 난 재벌이어요. 적은 투자로 큰 수익을 얻으니."

째려보시는 윤스퐁.

힘든 시절 누군가에게는 내가 전부가 될 수 있기에, 그런 한 사람의 고마움을 알기에 누군가에게 그런 한 사람이 되어주고 싶어 시작한 우주 최강 야망녀의 프로젝트, '말랑말랑학교 국민담임.'

덕분에 동창생들을 옥장판으로 만들었네요. 와우~~~ 따뜻한 동행을 하는 우리 모두가 서로에게 옥장판이라는 닉네임을 주고받는 행복을 누립니다.

힘든 누군가에게 손을 내밀어 잡아주는, 그 사람의 한 사람이 되어주는 우리가 되어보아요. 옥장판이 되어보아요.

어른으로
살고 있나요

유튜브 바바라TV에 출연을 했어요.

라떼는 말이야, 코너.

주제는 '직장 상사가 짜증난다면.'

직장 상사와 마찰이 많았던 젊은 날의 나.

그래놓고는 최악의 상사가 된 나.

그리고 다시 변화.

할 말이 많았어요. 완성되어 올라온 영상을 보면서

어느새 라떼는 말이야, 하는 나이가 되었음을 새삼 깨닫

습니다.

젊은 시절 어른을 간절히 바랐었어요.

태풍처럼 휘몰아치는 날것의 감정에 휩싸여 살던 초임 시절, 나무라기만 하지 말고 지적질만 하지 말고 제대로 도움을 주는 어른이 너무도 절실했었어요. 진짜 어른을 간절히 바랐었어요. 그래서 어른이 되는 것이 꿈이 되었지요. 진짜 어른이 되는 것. 그런 바람으로 인해 끝없는 변화를 추구하며 살아온 삶이 되었나 싶습니다.

> 나이가 들면
> 모든 게 편해질 줄 알았는데
> 나이가 들면 들수록
> 더 많이 공부해야 하고
> 더 많이 이해해야 하고
> 진정한 어른이 되기 위해 더욱 애써야 한다.
> 끝없이… 끝없이…
> - 〈나이가 들면, 최정재〉 중에서

나이가 들면 많은 것들이 너그러이 이해가 될 줄 알았는데 애를 써서 이해를 해야만 하는 것들이 많아짐을 느끼며 종종 스스로에게 물어보리라 약속합니다.

"어른으로 살고 있나?"

나 자신과 하는 약속을 여러분과도 합니다. 가끔 약속을
저버리고 싶은 마음이 생길지도 모르니까요. 그런 순간이
왔을 때 여러분과의 약속을 떠올리며 스스로에게 물어보
려고요.

어른으로 살고 있는가를….

어른 공부
쪽집게 과외라도
받아볼까??

내 맘대로 요리하는
하루

하루를 선물 받았다

내 마음대로 요리하란다

- 〈맛있는 하루 요리, 이장근〉 중에서

맞아, 우리는 매일 선물을 받는구나.

'오늘 하루'라는 선물.

우린 오늘도 선물을 받았네요.

어떻게 요리하고 싶으세요?

거기에 샘정이 선물 세트를 덤으로 드립니다.

《꿈틀꿈틀 오늘도 자유형으로 살아갑니다》 독자님들을

위해, 책 속의 그림 품은 캘리로 특별한 크리스마스 카드를 만들어보았어요. 샘정의 선물 양념이 더해지면 오늘 하루는 더 맛있는 요리가 될 거예요.

이 카드 만들기에서 가장 많은 시간과 노력이 필요했던 건 '위로'였어요. 50대 패션 블로거 자칭 1호 샘정이 좋아하는 패션을 어떻게 담을까 고심했답니다. 샘정에게 패션은 큰 위로거든요.

내가 원하는 크리스마스는, 멋진 드레스를 입고 좋아하는 사람들과 파티를 하는 거예요.

내가 좋아하는 것, 예쁜 드레스로 마네킹 놀이를 하는 것. 이 둘을 조합하여 '드레스 입은 마네킹으로 크리스마스트리'를 만들어보기로 했어요.

힘들게 달려온 2020년.

지쳐 쓰러질 듯 털썩 앉아 무심한 듯 바라본 그곳에,

드레스를 입은 마네킹 트리가 반짝이고 있다면, 와우~!

커피 향을 즐기면서 행복한 파티를 상상하는 모습…

누군가의 선물을 바라는 것이 아닌, 내가 나에게 주는 선물, 드레스 박스 마저도 아주 품격있게 만들어야겠어….

내가 원하는 것은 내가 가장 잘 아니까.

이렇게 해서 만들어진 카드는 너무 마음에 들었어요.

내가 나를 아는 것이 중요한 이유이기도 합니다.

눈에 보이지 않는
것들에게

가끔은 눈에 보이는 것만이 전부라 생각하며 그것만 보며 쫓아가고 있는 것은 아닐까, 뒤편을 잊어버리거나 외면하면서 사는 게 아닌가 하는 생각을 문득 해봅니다.

감사할 게 많음에도 불구하고, 그 감사함의 뒤편에 누군가의 고단한 수고가 있어 가능함을 생각지 못하고 겸손함을 잊고 사는 건 아닌가 싶은 마음도 듭니다.

뒤편을 보는 눈과 마음을 가지면 우리의 삶도 조금 여유 있어지지 않을까요? 세상과 사람을 보는 눈과 마음이 조금은 크고 깊어질 수 있을 테니까요.

백화점 마네킹 앞모습이 화려하다

저 모습 뒤편에는

무수한 시침이 꽂혀 있을 것이다

- 〈뒤편, 천양희〉 중에서

지금, 오늘

집중중환자실에 의식 없이 누워 있는 그녀. 한 달 전에 보았던 모습과 너무도 다르게 변해 침대 앞에 적힌 이름과 '41'이라는 그녀의 나이로 겨우 찾았어요.

한여름 빛나던 초록이었던 그녀는 단풍으로 불타보지 못한 채 낙엽이 되려 하고 있었습니다. 가족들은 장기 기증을 결정했다고 했어요.

그녀가 말하는 것 같았습니다. 가장 슬픈 일이 뭐겠냐고, 해주고 싶어도 받아줄 사람이 없는 가슴 저미는 일 대신 지금 주어진 기회를 붙잡으라고.

그래서 돌아오는 차 안에서 그녀에게 대답하듯 혼잣말

을 했습니다.

"더 재미나게 잘 살 거야."

슬픔에 젖어 있던 친구는 놀라더군요.

지금이 아니면 할 수 없는 일,

주어진 기회를 붙잡으렴

- 〈낙엽이 나에게 건네 준 말, 홍수희〉 중에서

지금 아니면 할 수 없는 일을 하자고 '나' 자신에게 기회를 주자고 다짐했습니다. 그리고 지금 아니면 할 수 없는 말과 행동으로 사랑하는 사람들에게 '지금 전하며' 살겠다고.

입동을 증명하듯 추워진 오늘, 자신을 토닥토닥 안아주고, 사랑하는 사람들에게 마음을 전하며 따뜻한 날을 만들어보 아요. 오늘이라는 주어진 기회를 꼬옥 붙잡아요, 우리.

덕질하며 삽시다

늘 머릿속 한쪽은

'뭐 재밌는 일 없을까?'로 차 있는 샘정입니다.

〈재〉미있는 일을 많이 〈벌〉이는 사람이라 재벌샘정이기도 하니까요.

생각대로 사는 여자 박세인의 오디오클립 '덕업일치' 출연을 섭외받으며 들은 질문.

"샘정은 무슨 덕후인가요?"

망설임 없이 "강연덕후"라 대답했어요.

1987년부터 시작한 교사 생활. 정말 감사한 것이 원로교사가 되고, 대를 이어 모자의 담임이 되고, 모녀의 과학 선생님이 된 지금도 여전히 수업이 가장 재미있다는 겁니다. 자뻑 샘정이라 "우주 최강의 과학 1타 강사는 나야 나"를 외쳐대면서 말이에요. 더 고마운 건 샘정의 자뻑질에 아이들이 고개를 끄덕여준다는 것입니다.

지루함을 이겨내는 인생을 살려면
항상 생생히 살아 있어야 한다

눈을 뜨고 있어야 한다
새로운 그 무엇을 스스로 찾고 있어야 한다
생각하고 있어야 한다
- 〈지루함, 조병화〉 중에서

예측할 수 없는 모습으로 출근해서 예측할 수 없는 방법으로 수업을 하여 자신들을 새로운 세상으로 안내해주기에 '예측할 수 없상'을 준다던 아이들. 50대 패션 블로거 자칭 1호이기도 한 샘정이 교사라는 직업 속에 나의 덕질을 잘 녹여낸 덕분에 받은 상이라 생각해요.

《말랑말랑학교》 출간과 함께 기획했던 샘정표 강연인 테이블 강연회와 동네 강연회도 성황을 이루고 있고, 코로나19로 인해 시작하게 된 토요일 새벽 6시 zoom 강연도 2020년 3월부터 지금까지 거의 매주, 신청하는 분들이 많아 종종 일요일 새벽 5시에도 하고 있으니 강연덕후 맞죠?

강연이 너무 좋아 안방을 북콘서트 강연장으로 만들어버린 강연 덕후 샘정입니다.

여러분은 무엇의 덕후인가요?

덕질하며 즐거이 살아요, 우리.

매력적인
11월처럼

열두 달 중 가장 좋아하는 달이 언제인가요?

샘정은 11월을 가장 좋아합니다.

11이라는 숫자. 한 사람 옆에 또 한 사람이 서 있는, 그래서 든든하고 외롭지 않은 수. 10과 12와는 다르게 어느 한쪽으로 기울지 않고 동등한 느낌이 주는 안정감이 좋아요.

다른 한 가지 이유는 계절을 알리는 달도 아니고 명절이나 큰 행사가 있는 달도 아닌, 가장 특징이 없는 계절이기도 하지만 그러기에 가장 큰 가능성이 있는 달. 내가 어떻게 하느냐에 따라서 무한한 가능성을 가진 11월.

또 11월은 1년 중에 가장 버라이어티한 달이라 생각해요. 푸른 잎이 단풍이 들고, 낙엽이 되는 것을 모두 볼 수 있는 달. 샘정이 11월을 좋아하는 이유 중 하나입니다.

11월은 가을이기도 하고 겨울이기도 한, 그래서 똑부러지고 선명하지 않아서 좋아요. 내 맘대로 되는 달이랄까요? 내 맘대로 가을이었다가 내 맘대로 겨울이었다가.

> 삶에 회의가 일어 고개를 숙이고 걷다가도
> 찬바람이 겨드랑께를 파고들면
> "그래 살아 보자" 하고
> 입술을 베어 물게 하는 달도 이달이고
> - 〈11월에, 정채봉〉 중에서

만추이면서 겨울로 들어서는 길목이라는 시인의 표현에 공감공감합니다. 같은 11월인데 어제는 가을이었다가 갑자기 떨어진 기온에 오늘은 겨울인 듯한, 모호함이 주는 매력이 좋습니다.

내 맘대로 되는 11월. 세상사 내 맘대로 되는 거 별로 없다 생각지 말고, 11월을 가을로, 겨울로, 다시 가을로… 내 맘대로 즐겨보아요.

아메리카 원주민 아라파호족은 11월을 '모두 다 사라진 것은 아닌 달'이라 부른다고 합니다. 너무 멋지죠?

으음~~~ 낭만적이야. ㅎㅎ

11월이 '모두 다 사라진 것은 아닌 달'이 될 수 있는 것은 결국 사람 덕분이 아닐까 합니다. 따뜻하고 나를 웃게 하는 사람들이 곁에 있기에….

작지만 따스한 마음을 나눈다면 우리의 11월은 '엄청 많은 게 남는 달'이 되지 않을까 합니다.

시가 좋은
이유

눈 오는 날 시를 읽으면, "너무 낭만적이야!!!" 라는 말이 저절로 나옵니다.

시는 짧아서 좋은 거 맞고, 나도 그런 생각하고 있었어, 가 많아서 좋아요. 시를 쓰는 사람은 마음이 따뜻해서 좋다는 부분에서도 격하게 공감하며 시인들에게 무한한 감사를 보내는 중입니다.

어떻게 시를 쓸 수가 있을까요? 감탄을 자아내게 하는 시인들. 정말 존경스럽습니다. 시를 읽고 있으면 슬픔도 외로움도 다 숨어버린다는 말, 시인님, 나도 그렇게 생각하고 있었어요.

시 읽는 건 아주 좋아
짧아서 좋아
그 즉시 맛이 나서 좋아
나도 그런 생각하고 있었어
하고 동정할 수 있어서 좋아
- 〈눈오는 날 시를 읽고 있으면, 이생진〉 중에서

헉, 마지막에 '세월처럼 짧아서 좋아' 에서 한 방 맞은 것
같습니다. 몇 줄 되지 않는 짧은 시가 결코 짧지 않음을 세
월에 비유하여 말하고 있는 것 같아서. 짧은 구절 사이사
이 간극을 볼 수 있어야 한다고 일깨워주는 것 같아서.

한편으로 우리가 살고 있는 이 시간들이 시처럼 정말 짧
을 수 있다는 것을 알려주려고 하는 것 같아서.

그래서 시를 읽는 건 아주 좋아,로 시작하는 첫 구절로
다시 눈과 마음이 갑니다. 짧다와 길다에 대해 많은 생각
을 하면서 눈 오는 날 시를 읽어봅니다.

눈이 오든 오지 않든 지금 이 순간을 감사하며 여러분도
좋아하는 시 한 편 읽어보는 건 어떨까요?

행복의 비결,
나눔

휴교 2주째를 보내면서, 금요일 오후에 꺼내든 신현림
시인의 오래된 시집.

삶이란 자신을 망치는 것과 싸우는 일이다

　　- 〈나의 싸움, 신현림〉 중에서

'자신을 망치는 일'

여러분을 망치는 일은 무엇인가요? 그래서 싸워야 하고,
이겨내야만 하는 것들.

시인은 망가지지 않기 위해, 지상에서 남은 나날을 사랑

하기 위해, 마음을 폐가로 만드는 모든 것들과 싸운다고 하네요. 오늘처럼 이 말이 가슴에 와닿고 고개가 절로 끄덕여진 날이 있었던가 싶습니다. 그만큼 힘든가 봅니다.

마음을 폐가로 만들지 않기 위해 샘정은 '새로운 배움'과 '나눔'을 선택했어요. 그 결과 만들어진 '카페 말랑말랑' 이모티콘이 너무도 큰 인기를 얻어 깜짝 놀랐지요. 작은 이모티콘 선물을 그렇게 좋아해주실 줄 몰랐어요.

나눔은 나에게 행복을 주는 비결입니다. 그 비결을 아는 지라 신 메뉴 7가지를 더 만들어 디저트 카페로 사업을 확장했어요.

'카페, 말랑말랑'이라는 이름으로 움직이는 이모티콘 7종을 만들어보았어요. 이모티콘에 들어간 캘리 문구는 '대구 경북힘내요', '감사해요', '응원해요', '덕분입니다', '오늘은 스마일', '해피해피', '화요일 말고 하하하하요일'.

모두가 힘들지만 대구 경북은 더더욱 힘든 상황이라 작은 위로와 응원이 되고 싶은 마음에 시작했는데 7종 20개를 만들게 되었어요. 왜 20개냐구요?

모든 것이 오른손잡이에 맞추어져 있는 세상이잖아요. 왼손잡이를 위한 이모티콘이라고 들어나 보셨나요? 블로 그에서 구경하고 마음에 드는 것이 있다면 다운로드 받으 면 됩니다. 마음에 드는 것은 있는데 블로그도 안 하고 어 떻게 다운받는지 모르겠다는 분은 카톡으로 이모티콘 이 름 알려주면 카톡으로 보내드릴게요.

작은 나눔이지만 위로와 응원이 되었으면 하는 바람입 니다.

시인의 마지막 외침을 우리도 큰 소리로 외쳐보면서요.

"걱정과 불안은 어서 꺼지라구!"

자신을 망치는 것과 치열하게 싸우고 있는 우리. 수고한 우리. 카페 말랑말랑에서 불금을 즐겨보는 건 어떨까요?

어떻게
살 것인가?

"당신들은 그것만 기억하나
내가 세 번이나 뜨겁게 사랑했다는 것은
묻지 않고"
　- 〈물음, 천양희〉 중에서

이 시를 처음 읽었을 때의 충격에 가까운 느낌이 새삼 생생하게 떠오르네요.

어떻게 물어야 제대로 묻는 것일까… 긴 여운을 주는 시였어요. 대답만 봐서는 충격일 것까지는 없는데 도대체 어떤 질문이었기에 이러나 싶은가요?

세 번 이혼을 한 문화인류학의 대모 마거릿 미드. 그녀에게 기자들이 왜 세 번이나 이혼을 했냐고 질문했다고 해요. 그녀의 대답은 세 번 이혼한 것만 기억하느냐, 세 번이나 뜨겁게 사랑했다는 것도 기억하라고 한 거지요.

연휴 마지막을 영화 〈미 비포 유〉와 함께했어요.
영국 웨일즈 펨브로크성의 아름다운 배경과 더 아름다운 음악과 함께 어떻게 살아야 할까를 묻게 되는, 긴 여운이 남는 영화였습니다. 2,30대 주인공들의 삶과 죽음에 대한 선택이 중년 부부의 감성을 제대로 건드렸네요. 존엄사에 대한 논란을 일으키기도 했다는 영화 미 비포 유. 죽음이라는 선택을 통해 삶을 투영시켜보게 되는 영화였어요.
잭 니콜슨의 〈버킷리스트〉와는 또 다른 느낌과 정서로 어떻게 살 것인가를 쫑알쫑알 수다 떨듯이, 젊은이들이 묻고 있는 영화였어요. 샘정에게는 펨브로크성에 간다, 라는 버킷리스트가 추가되기도 했고요.
〈미 비포 유〉로 인해 툭, 던지듯 받은 물음으로 인해 집으로 돌아가면 차 한잔 앞에 두고 우리 부부의 이야기는 좀 길어질 듯합니다. 미 비포 유, 강추입니다.

성공한
인생이란?

12년 전 제자가 학교에 놀러오면서 참기름 한 병을 가져
왔어요. 아이 어머니께서 촌지 좋아하는 담임 기억하고 손
에 들려주시더라고.

샘정은 누군가에게 고마움을 느낀다면 꼭 물건이 아니
어도 그 마음은 전해야 한다고 가르칩니다. 남에게 뇌물로
주는 '꾹돈'이 아니라 진정한 마음이 담긴 작은 선물로서의
촌지의 의미와 가치를 이야기하면서 말이에요.

'요리로 만나는 과학'에 관한 수업 도중 요리할 때 마늘
까는 것이 귀찮다는 담임의 말을 기억한 중1 소녀. 아버지

가 배달하고 남은, 상품 가치가 없는 작은 마늘을 깠다면서, 한 줌 정도 되는 마늘이 든 비닐봉지를 수줍은 미소와 함께 내밀던 그 순간은 20년이 지났지만 정말 따뜻하고 행복한 촌지의 기억입니다. 얼마 전 만난, 이제는 30대 중반이 된 그녀도 마늘을 까던 그 순간을 너무도 소중하게 간직하고 있더군요.

아, 참기름.
나에게 '참기름 = 시어머님'의 등식이 성립합니다.
6년 전 94세로 우리 곁을 떠나신 어머니와의 참기름에 대한 추억. 내게 어머님은 시인의 말처럼 좋은 추억을 많이 남겨주신, 오래오래 기억될 분이셔요.
남편이 7남매 중 막내다 보니 내가 결혼할 당시 이미 칠순을 바라보던 어머님. 뭘 시키면 눈 똑바로 뜨고 생글생글 웃으며,
"어머니~~~ 제 맘대로 하고 시포요오~~"라는, 당신 손녀보다 어린 막내며느리의 도발(?)에 동공 지진 일으키시며,
"하이고 뭐라카노. 이기 무신 말이고… 지 맘대로 하고 싶단다… 지맘대로…" 하시던 어머니.

참기름은 어머니의 큰 선물이었어요. 오일장 가서 참기름 짜서 소금 독에 묻어두시고 하나둘 꺼내주시던 어머니의 선물. 욕심 많은 나는 이러곤 했어요.

"어머니, 저는 늘 한 병 더 주셔야 해요. 형님들 한 병씩 주심 저는 두 병, 두 병씩 주심 저는 세 병, 아셨죠?"

"와? 와 니는 한 병 더 줘야 하노?"

"전 예쁘잖아요. 미운 놈은 떡 하나 더, 이쁜 며느리는 참기름 한 병 더. 이런 말도 있잖아요."

우기기 대장인 나의 뻥치는 말에 어이없어 하시면서도 늘 "니는 한 병 더 넣었다. 됐제?" 라고 귓속말 해주시던 어머니.

좋은 추억을 많이 남겨준
사람으로 오래오래 기억된다면

정말 한세상 멋있게
잘살다가 간 거다.
- 〈인생은 추억 여행, 정연복〉 중에서

"소중한 사람에게 좋은 추억 선물해주기"

시인의 말을 빌자면 한세상 멋있게 잘 살아가는, 우리 스스로를 위한 한 방법이라네요.

오늘을 그런 날로 만들어보아요, 우리.

그대라는
아름다운 책

기차 창밖으로 보이는 풍경이 참 아름답습니다.

옆자리에 앉아, 창쪽으로 몸을 기울인 채 잠들어 있는 딸의 모습이 풍경 속에 담깁니다.

사람,

참 아름다운 책 한 권

- 〈아름다운 책, 공광규〉 중에서

시인의 '사람은 저마다 하나의 풍경이다' 라는 말이 어쩜 이리 딱일까 싶습니다. 내 인생도 아름다웠으면 합니다.

피부에서 탄력이 사라져가는 걸 안타까워하는 대신 마음의 탄력을 조금 더 키워야겠다 싶습니다.

푸른 잎은 떠나가도 나무는 살아있듯 모든 젊음이 떠나가도 내 안에 더 깊은 나로 살아갈 수 있도록 우리도 모두 아름다웠으면, 하는 마음과 함께 떠오른 시입니다. 사람은 참 아름다운 한 권의 책이라는 말에 가슴이 뜨거워지면서 나도 모르게 가방에서 아이패드를 꺼냈습니다.

2020년 11월 제주, 하영담아 감귤농장 창고에서 있을 예정이었던 테이블 강연회를 위해 만든, 야심차게 처음으로 시도해본 '스토리가 있는 강연 포스터.' 하지만 코로나19로 인해 끝내 공개되지 못하고 아이패드 속에만 머물러 있던 그림들입니다.

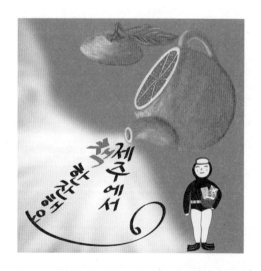

제주 강연 때마다 제주 사람보다 육지에서 비행기 타고 날아온 사람들이 더 많았어요. 한 사람 한 사람 모두 자신만의 이야기를 가진, 아름다운 책인 사람들. 그들과 함께라는 것만으로도 가슴이 뜨거워지기에 만들어보았지요.

문화 공간이 된 감귤농장을 위해 그려본 감귤인데 그림을 완성하고는 내가 깜짝 놀랐답니다. 너무 잘 그려서.

오늘도 자뻑 샘정입니다. 런던 여행에서 샀던 영화 해리포터에 나오는 모자도 감귤 모양으로 변형해보면서 "그림이 마음만큼 되지 않을 때 짓는 표정을 그려보려 했지만여전히 잘 되지 않았어요. 내 안에 '꿈틀'하던 기억. 기필코마음에 드는 그림을 그리고 말 거라며, 이 순간의 꿈틀거림이 어떻게 자라는지 지켜봐달라"고 했던 그날이 떠오르면서 혼자 울컥했답니다. 최선을 다했을 때는 내가 나에게감동하게 된다는 말에 공감하면서. 감귤, 진짜 잘 그렸죠?

사람, 참 아름다운 책들을 알게 되어 행복하고 고마운 마음에서 만든 강연 포스터입니다. 그 포스터 덕분에 샘정도조금 더 아름다운 책이 되어가고 있는 것 같아요. 소중한인연의 사람들, 아름다운 책들 덕분입니다.

11
NOVEMBER

S	M	T	W	T	F	S
	1	2	3	4	5	6	7
8	9	10	11	12	13	14
15	16	17	18	19	20	21
22	23	24	25	26	27	
29	30					

말하는 대로 꿈꾸는 대로

정호승 시인의 〈굴비에게〉라는 시가 있어요. 재밌으면서도 묵직함을 함께 주는 시랍니다.

굴비를 보며 비굴을 떠올리고, 와우~! 굴비를 향해 내 너를 '굳이' 천일염에 '정성껏' 절인 까닭을 알겠느냐고 묻는 모습을 그려보니 정호승 시인 완전 내 쓰똬일이군요~.

시인은 돈, 권력 앞에 비굴하면 굴비가 아니라 하는데, 먼저 나 자신에게 비굴하지 않게 살아야겠다 생각해봅니다. 왜냐하면 나는 굴비가 아니라 이쁜 샘정이니까요.

오늘도 웃으며 살아요. 비굴하지 않게 당당하게요.

한 강연에서 일용직 노동자를 만났습니다.

고등학교 시절 국어선생님으로부터 시를 아주 잘 쓴다는 칭찬을 듣고 시를 쓰기 시작했고, 시를 쓰며 너무 행복해서 시를 쓰며 살았지만 그 일로 가족을 부양할 수는 없어 일용직 노동을 한다는 분이었어요. 이제 걸음마를 하는 딸아이를 위해 그림책 한 권 선뜻 사주기 힘든 현실이라 토요일만은 언제나 아이와 함께 도서관에 온다고 하더군요. 그날도 아이와 도서관에 왔다가 마침 아이가 잠이 들어 아내와 함께 강연을 들었다고 해요. 강연을 마친 뒤 나를 찾아온 그분의 이야기입니다.

"내가 좋아하는 일을 하면 성공은 따라오게 되어 있다는 말을 해준 그 선생님을 얼마나 많이 원망했는지 몰라요. 당신의 그 개뼉다귀 같은 말이 남의 인생을 어떻게 망쳐놓았는지 아느냐고, 가서 따지며 멱살이라도 잡고 싶은 심정인 적도 있었으니까요."

그렇게 말하는 그의 두 눈에 물기가 고이더니 급기야는 눈물을 감추기 위해 고개를 숙이더군요. 한참 후에 고개를 든 그는 잠에서 깬 아이를 아내에게 안겨주면서 말을 이어

갔어요. 사람들이 다 나가고 난 강연장에서 아주 오랫동안 마치 나도 아이를 안은 아내도 없는 것처럼 느껴지는 그런 얼굴로.

"저는 이제야 제가 무엇을 좋아하는지, 진짜 무엇을 할 때 제일 행복한지를 알게 됐어요. 시를 쓰면서 시인을 꿈꾸면서 행복했던 시간들을 지금 되돌아보니 저는 진정으로 시인을 꿈꾸지도 시를 사랑하지도 않았다는 것을 알게 된 거죠. 저는 두려웠던 거예요. 공부를 그렇게 잘하지도 못하는 아이였던 저는 그저 하루하루 학교에 가방만 들고 왔다갔다 했지 꿈도 없었거든요. 그러다가 우연히 쓴 시 한 편이 칭찬을 받고 보니 저는 그 시를 방패로 삼아버린 거예요.

시인이 될 거니 굳이 공부를 열심히 하지 않아도 되고 대학을 갈 필요도 없고 몇 년씩 재수한다는 취업 전선에 뛰어들 필요도 없다고 생각하니 갑자기 시는 제게 너무도 든든한 방패가 되어버린 거죠. 공책과 연습장은 시로 가득 찼고 저는 그 시들이 제 인생을 보장해줄 보증수표라고 생각했어요. 서점에 유명 시인들의 시집이 베스트셀러에 올라 있는 것을 보며 마치 몇 년 후의 제 모습을 보는 것처럼 뿌듯하고 흐뭇했으니까요. 좋아하고 즐기는 것을 하면 성공은 따라온다는 말을 철석같이 믿었거든요. 세상 모든 사람들이 제 시를 읽는 상상은 저를 정말 행복하게 만들었죠. 시 대회에도 나가고 상을 받으면 당연하게 생각하고 상을 받지 못하면 세상이 아직 내 시를 이해할 수준이 안 된다며 코웃음을 치며 살았습니다. 엄마와 단둘이 살았던 저는 없는 살림이지만 대학을 가라는 엄마의 말을 끝내 듣지 않았어요. 시인이 무슨 대학이 필요하냐고, 시는 누가 가르쳐주어서 쓰는 것이 아니라면서요. 저는 이미 그때 시인이었던 거예요, 저 혼자.

군대에서도 저는 시인으로 통했고 군대를 갔다와서도 시인으로 살았죠. 시를 쓰는 것 외에는 다른 일은 그저 아르바이트일 뿐이었죠. 시인도 굶고는 살 수 없다는 것을 알게 되면서 안 해본 일이 없었어요. 하지만 늘 저 자신은 시인으로 살았어요. 그래서 그 어떤 일에서도 재미를 느끼지 못했던 것 같아요. 제가 만든 '시와 시인'이라는 방패가 너무도 견고하다는 것을 세월이 한참이나 지난 다음에야 겨우 알아차리게 된 거죠.

좋아하고 잘하는 것을 빨리, 어릴 때 적성을 찾는 것은 정말 그런 행운이 없는 거라 생각해요. 하지만 한 가지 빠진 게 있다는 것을 전 몰랐던 거죠. '제대로' 찾아야 했었다는 것을요. 저는 시를 잘 쓴다는 말을 듣고 시인이 되기로 한 다음부터는 그 어떤 것에도 눈을 돌리지 않고 마음을 열지 않았거든요. 시인으로 살아갈 자신이 있었던 게 아니라 시인이 아닌 삶이 두려웠던 거예요. 다른 것을 알게 되면, 다른 것을 꿈꾸게 되면 그것을 위해 노력을 해야 하는 게 두려웠어요. 당장 대학을 가려는 목표가 생기면 영어 단어를 외워야 하고 수학 문제를 풀어야 하고 시험 때마다 몇 등인가 등수에 목을 매야 한다는 거… 그걸 아니까 애써 외면했던 거죠. 시를 쓰는 사람이 영어단어가 왜 필요해? 영어로 시를 쓸 것도 아닌데. 나중에 유명해지면 번역가들이 알아서 다 영시로 번역을 해줄 텐데… 수학 문제는 더더욱 필요없고. 시라는 방패 뒤에 숨어 있다는 게 행복했지, 시가 저를 행복하게 해준 건 아니었어요. 착각하고 있었던 거예요. 더 이상 제가 시로 인해 행복하지도 행복할 수도 없다는 것을 알게 된 다음에도 저는 그 방패 뒤로 숨기를 반복했습니다. 다른 일을 하다가도 마음대로 안 되거나 힘들면 저는 바로 시 뒤로 숨어버리기를 수십 번 했죠. 그렇게 제대로 하는 일 없이 세월만 흘렀어요. 저는 늘 세상을 탓했고, 시인이 되라고 부추겼다고 생각한 그 선생님을 원망하고 있었어요.

지금 저는 공사장에서 일을 하고 있는데 곧 고물상을 열 계획이에요. 처음에는 집에 갈 버스비라도 어떻게 해볼까 하는 생각으로 공사장 부근에 있는 여러 가지들을 주워서 팔기 시작했는데 그 일을 하면서 저 스스로, 좀 부끄러운데… 거창하게 말하면 사업 수단이 좀 있다고나 할까요. 하여튼 뭐 그런 생각이 들어서 1년 가까이 준비를 해오고 있습니다. 제가 시라는 방패 뒤에 숨지 않고 제대로 된 저의 꿈을 찾았다면 어땠을까 가끔 상상해보는데 글쎄요… 어쩌면 요즘 드라마에 나오는 본부장 정도는 되지 않았을까 싶기도 한데…
하하하!

시를 쓰던 시절을, 그렇게 지내버린 세월을 후회하지
는 않아요. 그 시절이 있었기에 그래도 저같은 놈이 도
서관 문이 낯설지 않고 대학 근처도 안 가본 놈이 책이
라는 것을 손에 들고 사는 인생을 살게 되었으니까요.
요즘 연예인이 되겠다는 아이들이 엄청 많다고 하잖
아요. 그런 이야기를 들을 때면 그 아이들 중 저와 같
은 아이들이 많지 않을까 생각을 해요. 배우를 하고 가
수를 하는 데는 언뜻 생각해보면 지금 당장 현실에서
해야 할 공부라는 짐을 지지 않아도 된다고 생각하고,
취업 시험이라는 벽 앞에 서지 않아도 된다고 생각하
며 자신이 만든 강력한 방패 뒤에 숨어서 제대로 꿈조
차 꾸지 못하고 있는 것은 아닐까 하는 생각요.
그 아이들이 다 잘못되었다는 건 절대 아니에요. 하지
만 정말 중요한 것은 꿈을 꾸고 있는가 하는 게 아니라
'제대로' 된 꿈을 꾸고 있는가 하는 것이라는 거죠. 제
가 시인을 꿈꾼 이유는 너무 간단했어요. 시인이 되기

위해서는 공부를 안 해도 되고 취직 시험도 안 쳐도 된다는 것과 베스트셀러 시집으로 돈을 많이 벌 수 있을 거라는 생각에서였다는 것을 한참 후에야 깨닫게 된 거죠.

아까 강의에서 선생님이 그러셨잖아요. 아이들에게 '제대로' 된 꿈꾸기를 할 수 있도록 해주어야 한다고. 그 말씀 하실 때 심장이 쿵, 하고 내려앉는 것 같았다니까요. 그래서 꼭 한 번 제 이야기를 들려드리고 싶었어요. 선생님, 응원해주세요. 늦었지만 이제야 제대로 찾은 제 꿈을 위해서요. 비록 작은 고물상이지만 꿈을 담았어요. 제가 직접 주워다 팔아본 사람이기에 몇 십 원이라도 더 받고 싶은 그 간절한 마음을 너무 잘 알아요. 그래서 저희 고물상에 오시는 분들의 그 마음을 알아주는 그런 고물상 주인이고 싶습니다. 그리고 집사람이 아이를 가졌다는 말을 한 순간부터 지금까지 딸아이를 위한 시를 쓰고 있어요. 아이에게 아빠로서가 아닌 시인으로서 제가 쓴 시로 엮은 시집을 선물하고 싶습니다."

어때요? 너무 감동적이고 멋진 분이죠? 그분의 말씀은 내게 한 편의 긴 시와 같았습니다. 참으로 가슴 떨리고 뭉클한, 삶의 철학이 담긴 멋진 이런 시를 이야기해주는 그분은 분명 시인이었어요. 그분이 만드신다는 고물상의 풍경이 그려지지 않나요? 비록 남들이 버린 폐지와 고철, 빈병들로 가득차게 될 고물상이지만 얼마나 사람 냄새가 물씬 풍길까? 비록 적은 금액의 돈이 오가는 순간이지만 그 돈을 건네는 그분의 손끝에 묻어 있는 정겨움과 따스함이 내게도 느껴지는 것 같아요.

그대들에게 묻고 싶습니다.

"그대는 두려워 멈추어 서 있는 것은 아닌지요? 날개가 있으면서도 날지 않는 타조가 되어 있는 것은 아닌지요?"